倾国倾城

你可记得我

风飞扬 ◎ 著

重庆出版集团 重庆出版社

目 录

却是旧时相识 1

执灯寻影·悦己 1

香车系在谁家树 3
死生契阔 与予成说 17
梧桐生门前 29
待月西厢 41
无端不寄相思字 55
文窗窈窕纱犹绿 65

目 录

眉间心头·朱砂 77

莳兰在幽渚 79

但使相思莫相负 牡丹亭上三生路 93

章台柳 108

花辞树 122

一曲相思为君载 133

人面桃花 147

目 录

花若离枝·长歌 161

歌尽桃花 163
人间亦有痴于我 岂独伤心是小青 177
自叹多情是足愁 况当风月满庭秋 186
独立小桥风满袖 198
一去紫台连朔漠 独留青冢向黄昏 210
新来瘦 不是悲秋 221

目 录

晨钟暮鼓·守望 235

何事西风悲画扇 237

把一生的眼泪都还给他 251

时光只解催人老 不信多情 261

我在远方 惜君如常 273

斜阳正在 烟柳断肠处 286

打起黄莺儿 莫叫枝上啼 296

却是旧时相识

情之所至,一往而深。

从来不曾觉得红尘散漫,反而珍惜得如此温良,每当静下来,心里都会生出一种轻叹,能以一个女子的柔肠和心思走过绵密的人间岁月,指尖裙脚不经意间扫过繁华里的一点静默,却是那样的喜悦,婉转在心里,终成挚爱。

比如读画。

此时,正值清秋,天空碧蓝如洗,草木苍绿,一切春天的灿烂与迷离,夏天的热烈与彷徨,都在此刻沉淀下来,仿佛可以凝固在这时光深处,用一种最优雅的姿势,从容而淡定,拂拭着历史的尘埃,总在一刹那,心思相对,触手可及。

我读画,没有章法,只是一心一意跌进去,仿佛旅途一般,一个人背着行囊,抛开周身的繁乱嘈杂,还有烟火灯影的琐碎,跋涉进去,循着那溪声云影，恍然转进另一个风日下。

每当展卷，那个朝代的寻常巷陌、市井人烟、春柳花堤、秋霜明月、都扑棱棱地出现在面前，仿佛能听见闹市的喧嚣、深院里秋千架上的轻笑，还有门外谁匆匆赶来的脚步，透出一点点清逸的冷，衬着茅舍清酒的暖，引来素心野趣的雅。

时有恍惚，是画中人的影，却换了自己的一片柔肠。

过往云烟中，诞生了许多倾国倾城的画作；春去秋来里，也留下过太多倾国倾城的红颜。

那些才情容姿超绝的女子，她们是红尘里开不败的花，纵然风雨已飘零了无数年华，仍艳艳地明亮在这浓墨淡烟里，且还是那么寂寞。什么都不用说，只那相对无言却饱涨的风仪，就让人愿意坐下来，陪伴着，张望秋水寒潭里的影子，是她，还有他。

定定神，唯恐丢失自己，转而去触摸画家的名字，他含笑独立，担风袖月，有几分爽朗几分忧郁，再回首，是知己间的懂得，素心人，紫薇花，陪伴得那么惊心。

所有的思绪，缥缈而凝结，与记忆深处浅浅淡淡的篇章重叠，几经轮回里的风霜，验证曾经沧海的旧誓言。凝眸处，指尖的花倔强而苍凉地盛开，只为转身时，邂逅这段刻骨铭心、止水梵花的眷恋。

一时间，仍是痴掉。

不是台上青衣轻抛的水袖，不是深闺女子指间的罗帕，也不是托付终身的锦绣红妆，而是埋藏的情感在浩瀚人生里的一点积念。说到底，不过是一段幽柔心意，一份安适团圆的期盼。

喜欢天然，喜欢穿梭于旧年光阴，偶遇古典情致。这些，由来已久。且学着，把缘分看得淡，却铭记得深。

人生兜兜转转，走走停停，多少妙契无言的感叹，最后都归于恬淡的笑。最浓的丽色，原就在脉脉不得语中。

画里读画意，也不过是寻自己。

多少年过去了，我仍然一无所有地读着画，读着人生。

恍惚间抬头，斜阳已暮，心间白云往返，终于走成寂寞，我不敢再逗留。

随手打开《牡丹亭》，想把自己扯回现世的安稳中，不料却见俊朗书生失魂落魄，偏是"拾画"这一折。惊喜过后有哀楚，对着画意浑然忘我，原本是这样爽朗的真实。

我也逃不出。

情归无由，浅尝者说破，深尝者，说不破。

执灯寻影·悦己

【香车系在谁家树】

愿得一心人，白首不相离。

这是世间女子深闺里最朴素也最纯净的愿望。

她总在这样的时分，陷入一种慌乱与不安，没来由地，无根无源，正是如此，才越发心里茫然，仿佛未来的日子是可以握得住的，偏偏踏不上那个靠近的路，连伸出来的手也变得虚幻，甚至，连一丝触摸的勇气都没有。

墙外，是煌煌盛唐的笑语衣香和诗人豪客的低吟浅唱，无数人都奔了传奇而去，那飞云入梦的心总是流淌在天下的字墨间。

每个女子都有属于自己的故事，每个故事里，都有些寂寞的词章，如夏日浓碧绿荫的深深角落，那繁茂的青苔，总隐忍着刻

你可记得我倾国倾城

蕉荫读书图　清·吕彤

骨的苍凉。

而那个空白的扉页，留着等待刻画的纹路，心底小心翼翼地张望，收拢着细细碎碎的秘密，你且知道，其实万般的花，在将开未开之时，都有着同样期待的姿态。

如一夜春风来，又如月下梨花片片落，纷纷然然，安静而忧伤。

这心思是细腻的，适合守候，却不适宜躲藏，她总想着一个人的时候默默梳理，可是总挡不过心里那一分慌乱。

岁月于她，还是不惊的。

正是豆蔻梢头好年华，连眼里映过的凄迷都闪着清澈，在画堂深处的庭院里，她轻移的身影似莲花，总携了那么一缕隔世的香。多少次端然于妆台，处处牵挂，想象红线里注定的他，该从哪里传来声息，惊她梦寐，不是虚幻。

还好心事尚能诉于针线，晨昏里的折枝牡丹是这个朝代富贵的颜色，她却独描润兰，微小而旺盛，开在人迹罕至处，那是她向往的一个地方，可以自由得连心都没有界限。

也许是这深深高墙让她寂寞，后园里，她把芭蕉种在石边，正对着她的轩窗。她喜欢芭蕉，不为一季花期而张扬，也不用雨夜为它怜惜，多少个风过星稀的夜，她和芭蕉隔庭遥见。

就是这般，没有了衣食冷暖的忧，绫罗上身，便只剩下那一个惶恐。那个要来携她手、带她走、拾她心的人，那个未来，是不是也如这莺啼春日一样，恰时相见呢？

　　小时候学认字，吟诗对句，也练曲律歌舞，这是大唐最华美的篇章。从深宫到山野，爱情都是浓烈的旋律，仿佛人世间千般的存在都是点缀，只为预期人生里浩大而华贵的爱。

　　她也在这样的诗词闲章间恍然若梦，好似幸福就在门外，伸手就能够到。

　　这样的想法，于她，是非分，还未出生就已注定，对于命运她只能接受，连挑剔的资本都没有。因为，她是小巷里的清倌人，尽管她处处强调这个卖艺不卖身的"清"，可风尘之中，浅笑薄应，她只是那些男人买欢的玩物，再高尚的灵魂和高贵的心，也已然拾捡不起。

　　只是，人生的无常从来都没有预兆，她的目光从书卷上抬起来时，就看到了冰凉。有父亲在，起码还有那个端得起的身份；父亲一去，她没了天，兄弟不容她，因为她是庶出，且她的母亲不过府里一介婢女。她和母亲不得不离开深院，搬进了小巷。

　　她只道这是世事的无情，王孙公子尚会顷刻间被贬为庶民，或成为一抔黄土，谁都不可能有牢牢握住的富贵，只是换了一种方式生存，她依旧安然。

　　身为女子，她有期待的爱情，那该是她人生最缠绵的舞步，也是她，无奈于三教九坊间，唯一的救赎。

往往成了唯一，
也就成了唯一的赌，拼
了全部，拼了命。

唐传奇《霍小玉传》里，开篇洋洋洒
洒介绍的不是她，而是李益，那个还未见面，
就已经彼此在心里记挂的人。

霍小玉知道李益，是因为他的诗句"开帘风动
竹，疑似故人来"。

李益知道霍小玉，是因为媒婆鲍十一娘说她"资质秾艳，一
生未见，高情逸态，事事过人，音乐诗书，无不通解"。

于是，一相逢，小玉是女儿家的矜持，十郎却如见天人，顿
觉室内光华飞流，他起身就拜，开口便言："小娘子爱才，鄙
夫重色，两好相映，才貌相兼。"

因为一首诗而爱上一个人，进而以身相许，这算不算圆满？
这样的开端倒也透着那个时日风尘里的寄托，闺阁里幻想的爱情
是天可变情不绝的神话，一尘不染，无畏无惧。于是这幻想中的

爱情来到跟前，就一头扎了进去，全心全意得连自己都已忘记。

却在那情到最浓时，悲从心底最深处翻涌，再也掩不住。

当日夜半，小玉对同枕眠的十郎说："我是娼妓，自知与你不配，现在不过是因为相貌得到了你的垂爱，待年老色衰，也就无法再留住你，我只得像失去大树的藤萝，像秋天被弃置的扇子，无依无靠。"

明月夜，佳人在侧，付与柔肠，可怜可惜，正言发誓还不够，还请素缣著盟约。

小玉命侍女取来了越姬乌丝栏，这是王府旧物，极为珍贵，看名字想必是来自异国。我觉得小玉此举是证明她把这一纸盟约看得极其宝贵和珍重，也同时隐喻了她的出身并非草芥，希望眼前这个男子除了看重她的容颜之外，还能有其他的关注。

不管曾经在王府，还是现在的烟花地，小玉的生存环境都不单纯，她应该是见惯了形形色色的人，也长袖善舞，有了应付的手段，尤其是奉承话和海誓山盟，多得都懒得去分辨真假。

可世上唯有十郎，让她坚信不疑地托付，哪怕心里并不是十分地安稳。十郎果然也用心，才思敏捷，落笔成文，引喻山河，诚指日月，随后收入宝箧中，从此后他们过了两年相爱相守的快乐日子。

两年后的春天，李益被授官任县主簿，小玉心里的离愁和隐忧如窗外墙角的小草一般疯长着。未来的日子笼罩了浓密的雾，她握不住也看不清。几番思量，那点卑微无助的凄凉小心翼翼地化成了无望，她知道这一别，山高水远，日深夜长，她锁住的契约只是一篇华丽的文章。

十郎才名远扬，上有高堂，一定会有一门好姻缘在等着。于是她说："我只有一个小小的愿望，郎君今年二十二岁，距壮室之秋还有八年，我只要这八年恩爱的日子，此后你去选名门结秦晋，我断发缁衣入空门，从此两不相系。"

如此至诚至哀的话，让李益泪不能收，他说："日月为证，生死不弃，绝无两意。"

他说："好好地等我，这只是短暂的别离。"

一曲琵琶声渐歇，撩拨了弦上数滴誓约。如果爱情需要用天长地久的话一遍遍地加固，那调子后续里一定会有悲音。

信或者不信，舍还是不舍，于小玉而言都没有什么区别，李益必须得走，他在长安城里待了两年，为的就是这一天，荣耀还乡，打马上任。

家里人也在等着他回去，并且已替他和表妹卢氏订了婚约。面对重礼重名重面子的家庭，还有严厉专断的母亲，李益连小玉的名字都没有提。

小玉和这个家，犹如隔着万丈深渊，哪怕掉下去粉身碎骨，这边也不可能伸出手臂供她攀缘。

这只是个普通人家，甚至有些贫寒，尚且把小玉拒得如此坚决。这漫漫红尘，落入烟花里的人，够得到钱财、够得到恭维、够得到契约，却怎么都偿不了凤愿。

两年多的缠绵恩爱、锁住未来的誓言、泪眼婆娑的相送、形只影单的等待，所有的一切加在一起仍是苍白。这爱情，从一开始就不平等，李益是来京城参加科考的，等候期间自矜风调，思得佳偶，只想博求名妓。没有小玉，也还会有另一个女子，李益想找的，是异乡相伴的红颜，而小玉等待的，是她生命里唯一的爱情。

小玉要托付的，是她的一生；而李益要打发的，只是一段无聊的时间。

每次想到这里，都会心疼这个痴情的女子。她爱得太执着，倾情的付出却唱成了一个人的独角戏。人生的大幕太沉重，每一次拉开都要用尽力气，从凤凰于飞的妆台上隐约出现琴声如水的痕迹，她的等待如春日的蔷薇，那时的爱情，是美好而芬芳的想象。与李益认识后，梦幻中的爱情落到了现实，眼里看得到的温暖是喜相逢的管乐，华丽的章节就此上演，可随之就是漫长无期的独自挣扎，伴着潇潇夜雨，低沉而深邃的洞箫吹奏出她心里时刻的压抑和一点点累积的凄凉。

小玉是大唐深院生长的花，遗落在寻常巷陌，站在风霜的渡口，在妙龄的时刻，满心诚挚地盛开着。花期不与流年误，她的爱情也来到屋檐下，却在开得最艳的时候，一朝再也没有了支柱。她成了深秋旷野独自临寒的雏菊，片片花瓣痛彻心扉地被无情剥离。她连抱住自己的能力都没有，只能任一地凌乱随风飘散。

卢氏是名门望族，嫁聘的彩礼在百万之数。李益家贫，还得去亲朋家借点钱财，他以此为借口离家出来，在外一年多的时间，不仅没有去看小玉，反而嘱托朋友，不要把他的行踪告诉小玉。

他背弃盟约，自知羞愧，不敢再见小玉，也借此断绝小玉的希望。

那只是他人生风花雪月的一段过往，他寻妓调的是情，谈的是风月，无关名分。

而另一边，小玉四处打听，甚至占卜问卦，却没有一丝可靠的消息。过往坊间这样许下诺言又一走了之的男人不计其数，她是咬着牙恨，可还是流着泪想念，有一百个理由告诉自己他的爱不牢靠，却又总会被下一个借口打败。也许他有不得已的苦衷脱不得身，也许有什么不测苦难，她总是相信那个和她朝夕相度的十郎不是那无情的人，她不肯死心。

这样的煎熬，终使她憔

悴瘦损，忧郁成疾。

就是不能看开，更无法放弃，她一定要见到李益，一定要当面问一句为什么。

女人就是这样的傻，拼了所有只不过要问一句为什么，有时候明知道答案不会是自己期待的，却还要奔着绝路凛然地跑过去。

小玉所有的钱财包括衣服和珍宝，都因为打听和寻找李益而散尽了，最后连父亲留给她行及笄之礼用的紫玉钗，都要拿去变卖，以至于连当年打造这支钗的皇家老玉工看了，都忍不住老泪纵横，并告知了延光公主。公主悲叹之余，送了小玉十二万钱。

此时，那待嫁的卢家姑娘正在长安，而李益带了丰厚的钱财来聘娶，秘密地找了一处不让别人知道的住所。

故事的主角又都聚到了繁华的长安城里，一个拖着病体抖索着倚在窗口翘首以盼，一个临期京城接娇妻，完成人生大喜。

李益是小玉生存的唯一等待，小玉是李益要想方设法绕开排除的阴霾。

李益有一个厚道的表弟叫崔允明，把李益来京的消息告诉了小玉。小玉怨恨他，心里那一点如豆般微弱的希望之火，也瞬间熄灭了。她又遍请亲朋好友，托他们叫李益前来。

只是想做一个单纯的告别吗？还是想看一看旧日爱情的样

子？抑或面对面真实地说一下委屈和怨，听那男人蹩脚地辩解她也甘愿。对世俗对门第她早有无可奈何的退缩，她宁愿输给这繁华天下横眉冷对的眼色，也不愿意被弃于衣香鬓影共度，誓言铮铮买断她爱情的十郎。

她还是留了一丝残存的甚至卑微的愿望，十郎能逃过家庭的监管来与她相见吗？两人狠狠地哭，絮絮地念，苦苦地留，再久久地断了恩意情殇。

最终小玉给自己做了一个茧，连出口也没留。

她只是不愿意那么想，不到见了李益得了真相的那一刻，她永远都有理由不去信。

李益是下定决心不再见小玉的了，他进京不声张就是想让时间来消磨掉他辜负的和小玉等待的一切。可小玉偏偏找了一拨又一拨的人来叫他，满京城的人都知道了那个痴情女子和负心男子的故事。李益有些恼，索性早出晚归，同众人都避而不见。

大唐是有几分豪气的，有这样的女子，自然会有出手相助的男子。他们连姓名都不肯留下，只是让故事绝处逢生，有了侠义的温暖。

李益被黄衫客骗到了小玉面前。小玉看着这个她朝思暮想爱极恨极的人，攒了无数的话此刻却一句也说不上来。她背过身去哭泣，时而回头看李益，回忆排山倒海漫过这里简单而熟悉的一切，时光透析出岁月的脉络，却和今天的人，再也无法重叠。

不管用多少相思的线，也缝不起这支离破碎的情感，她的爱情仍然支撑着她的整个生命，可是她爱情里的那个人，却早已松了手。她浮游迷失，挣扎着向他靠近，攀缘的树挪了位，她也只是地上凌乱的草。

把线捻在手指上轻轻地打一个结，用牙齿咬断，这生命的锦绣落满了簇簇尘埃，不得不草草谢幕。

小玉端起一杯酒，倒在地上："我为女子，薄命如斯，君是丈夫，负心若此。李君李君，今当永诀，我死之后，必为厉鬼，使君妻妾，终日不安！"

她握住李益的手臂，她苦寻的港湾此时可知悉她的悲痛？酒杯掷地，长哭以辞。

如果，李益面对小玉的憔悴和她坚韧的爱，还能硬起心肠冷漠以待，那么现在，小玉的死彻底惊醒了他。他为她一身缟素，为她早晚悲泣，陪她灵旁送她下葬，然而这些统统都不是小玉要的，偏偏他现在能做的也只有这些了。小玉的爱情和生命，小玉的决绝和思念，都像烙印一样打在了他的心里。他仍是世上才华俊逸的李十郎，成家立业即将辉煌，可是，他再也没有了爱的能力，而没有了爱情，幸福也便失去了着落。

无辜的女子卢氏，端端正正出阁，也是带了无尽的想象，可这场婚姻给她的没有一点温情，全是伤痕累累。她被李益无端猜忌和虐待，最终被休倒是解脱。

李益三次娶妻，还有众多侍妾，每个人都在他的猜疑中惶恐度过。

　　明代胡应麟称赞唐人小说"记闺阁事，绰有情致"，并认为"此篇尤为唐人最精彩动人之传奇，故传诵弗衰"，作者蒋防同情着他笔下的小玉，让李益有了这样可悲可叹的结果。他是这样来惩罚这个负心的男子，却偿不了那个可怜的女子小玉。
　　小玉临终的话，可见她还是生生世世放不下。若能不再爱他，便也淡然了，即便是死，也是轻松入轮回，再踏入红尘，还是一段可想可念可等可思的爱，而不该是这样，做无用的留恋。

　　李益常在朦胧中看见小玉，隔着帘幕向他微笑，鲜红的肚兜有鸳鸯戏水的图案，轻纱绕肩，掩着她轻柔的心思，秀发盘起，玉钗斜插，永远都是初见时的羞涩和清澈。
　　再一转念，她在园子的芭蕉叶下，若有所思，思的那个人，是他吧。
　　李益念："从此无心爱良夜，任他明月下西楼。"
　　李益自知唤不回小玉，还是有那么多的泪来想念她。天上人间，小玉如魂魄有知，必舍不得再惩罚他。
　　不是存了慈悲心思，只是希望每一个爱情都有美好的回忆可以触摸，可以铺成来世再相遇的路，是缘是怨，由不得，既来人间，便信了注定。

深夜，停顿下来才惊觉，为小玉，我毫不吝惜笔墨，这故事怎么也舍不得割舍，还要在结尾处再注上自己的期许，也许只是不愿意让伤透了心流尽了泪的小玉，连灵魂都得不到一个安慰。

"百草千花寒食路，香车系在谁家树。"

刘若英在《粉红女郎》里，扮演着剧中的结婚狂，却流着自己的眼泪。她站在舞台上孤独地唱，为什么用尽全身力气，却换来半生回忆。

回忆里，那个人辗转不能眠，打马而来，见了她，眼里折射出光彩。

有这些回忆，也是幸福。

清代画家吕彤的《蕉荫读书图》，我初看时震慑于画面里的静，人在画中坐，人又不在画中，人物两相忘，凝眸间连自己也要减几分俗气。

碧绿芭蕉如伞盖，簇拥着舒展，占满了画面里回忆的天空，几枚湖石做藤椅，黝黑得似梦幻里的深邃，画面清丽，背景简洁，笔法却是细腻可追寻。

吕彤是云南人，尤精工笔仕女，这女子精致的眉眼间便含了轻愁浅怨，仿佛是什么心事丢在了千年之前，这卷中的文字也只得让她幽幽地叹。在那个回不去的时光里，可有人捡拾了她的回忆，可有人帮她在漫长红尘中风干，那故事，也许你读来，恰是画中事。

【死生契阔　与子成说】

爱情是记忆里一场不散的筵席，是不能饮不可饮，也要拚却的一醉。

曾经，很想转化一下语言来诠释爱情的深意，却对着这样的无奈和坚韧，只有沉默到无语。只这一句，就足以让我对席慕蓉有一份隔空的凝望，这对爱情的注解，近似于禅，又脱了禅的空灵，能扎实地落到每一个人心里，把古往今来，漫路风沙流水深院，所有痴情的纠葛，连同三生石上的镌刻，一并落了座。

因为一首诗而留下大片传奇，历经一代代的打磨，着红点翠，丰满得可以伴了弦来听，微醺着相看，还能随着风飘进案头的墨

你可记得我倾国倾城

扑蝶图 清·费以耕

色,最终那个苦口婆心的劝慰还是收了场,而记忆里的盛宴,开始于女儿家单纯的思无邪。

铭记于唐代最会用诗写传奇的白居易,他在新乐府诗《井底引银瓶》里,记叙了一个私奔的女子,最后惨遭抛弃而无可依靠的悲惨故事,白乐天有一副柔软心肠,他是有泪有情的男子,自然写得这样告诫的诗句:"寄言痴小人家女,慎勿将身轻许人。"

在唐代,这个落魄而不再期许爱情的女子应该进道观,修习成仙再不为这红尘留恋;在宋代,她会被一语度进深山古刹削发为尼,从此青灯古佛郁郁而终。

而这故事落到元代,寺院里也仍会有千里而来的姻缘。只要脱不开这红尘万丈,哪里的桃花都会盛开。

这女子叫李千金,待白朴徐徐道来的时候,她还只是深闺春怨,看见才子佳人仕女王孙上屏风,也是又羡又恼,自言若招得个风流女婿,怎肯教费工夫学画远山眉,宁可叫红烛高照,锦帐低垂。

葛洪《西京杂记》中说:"文君姣好,眉色如望远山,脸际常若芙蓉。"这文君是卓文君,那屏风里画的正是相如琴挑,文君夜奔。

只因为老父在外,耽搁了豆蔻初生,真是恨嫁女儿心,李千金从小学女红,头一件大活就是为自己绣喜服。这窈窕淑女君子好逑的屏风,原不该摆在恰对妆台的寂寞处。

还有那最知小姐心思的俏丫头梅香，和小姐半分调笑，三分引逗，却是十分劝慰。

这日是三月初三，上巳节，洛阳城里的公子千金从府中出来，或宝马或香车，都去郊区游玩赏春。咱出不得院子，隔着墙看看那春风拂面的行人也好。

三月流光韶华贱。《红楼梦》里的花签上分明写着"开到荼蘼花事了"，满园的惆怅就这么无声地绽放。

李千金的出场，活泼得如那枝上黄鹂，甚至有一点点辣，说出口的话不像个大家闺秀，却率真得没有遮掩，是这样地直白，有与那个时代礼教相悖的叛逆。

可就是这样一个人，丢了笔墨纸砚，推开房门，心里还是被这满园春色铺上了一层无奈。

"怎肯道负花期，惜芳菲。粉悴胭憔，他绿暗红稀。九十日春光如过隙，怕春归又早春归。"

她红色的鞋子上，用金线绣了莲，并用裙子盖住，走时裙裾飘摆，绣鞋只露得尖尖一点，环佩发出清脆的声响。似乎每一个女子的行走都渴望有这样端庄风雅的姿态，与自然有一种亲近，与景物相融，与尘世相忘。

她就这样走过荼蘼花架，转过曲栏之西，踩着那山石，隔着粉墙看外面大路。

原来所谓深宅大院，更多的还是精神的枷锁，就是在这闺阁里等待那个父母之命，媒妁之言。

园子四季景物暗换，那外面只要一个落脚的地方便可衬起桃花人面。

路边的榆钱随风漫飞，谁家院墙上的豆荚攀爬得不安分，落花凝香伴马蹄沾尘而去，酿蜜的蜂儿正与繁花相亲。

人生来不易，能在路上奔波的人都该是幸福的，至少，有一个值得奔波的理由。

那路上的人，是工部尚书家的公子裴少俊，年方弱冠，未曾娶亲，唯亲诗书，不通女色。初听来倒像是个不解风情的书呆子，他三岁能言，五岁识字，七岁草字如云，十岁吟诗作对，才貌两全，来这洛阳选奇花，倒着实风雅。不想错过这节令，春情使人醉，他足蹬高靴，腰围玉带，骑在那玉骢马上，像极了诗文里的玉郎。

"既见君子，云胡不喜。"

裴公子也看见了李千金。

"四目相觑，各有眷心。"

红尘路上的缘分，不早不晚，不管对与错，大抵都是躲不过，明知世道不容，也在这一刻，停不下脚步，只有向他走去。

所谓一见钟情，都是三生石上旧情缘。

宝哥哥初见林妹妹，只觉得像是故人一般，曾在哪里见过。

张生初见莺莺，心里即知，正撞着五百年前的风流业冤。

冒辟疆初见董小宛，满心都是惊而爱之。

胡兰成初见张爱玲，觉得面前都是她的人，世界都要起六种震动。

这爱，真是没有道理可讲，还未发一言，就已清楚地知道，注定要和这个人有一场情感内抵死的纠缠，几生几世埋下的伏笔，看不到结局的爱，才要更努力地爱。

裴公子是身在武陵人已醉，李千金落笔就是月上柳梢。

当夜两人幽会，却被嬷嬷撞见，在李千金的央求下，放他们出了高墙深院。

在父母跟前做女儿，再不如意也多是嘴皮子上的小性子，何况她善女红、精文墨、志量过人、容颜出世。

这说走就走了，只因为深信，不久的一天，可以携了如意郎君，堂堂正正明明艳艳地回来。

当时隔帘听琴的卓文君，好歹还知道近在咫尺意在情挑的人是谁，至少对他的身份是掌握的。可这墙头马上相见，李千金并不知道这个异乡人姓甚名谁来自哪里，就随了他而去。

也真是够勇气，入了眼入了心，从此就跟了这个人，天涯海角，穷困潦倒，都不在她的考虑。她奔的是爱情，不是生活。

爱情就是这样，把开始握在手里，结局却令人始料不及。

这一走，就是七年。

七年间，她生活在裴府的后花园，生了儿子端端、女儿重阳，当年天真烂漫的少女已成了贤良的母亲，却不是妻。

做女儿时，她也是顽皮又胆大，离了娘家就是出了阁，婉顺得像是天成。

少俊的父母并不知道她的存在，更不知道这一双儿女。

想想那达官贵人的花园，富贵是富贵，情致是情致，别雅是别雅，可也真是繁复庞大到吓人。这边进人添丁，儿啼童戏，那边却连个蛛丝马迹也不见。

若不是清明节少俊去祭奠，若不是裴尚书闷倦来到园子，若不是那两个孩子正在跑来跑去地玩耍，不知道还要等多久才能端正地立于阳光之下。

原以为七年足不出户的相守，养儿育女的辛劳，能在这一天把残缺补全。

可尚书大人一句"聘则为妻奔则妾"说得斩钉截铁，几番羞辱刁难，少俊真的就写了休书，孩子留下，李千金被赶出了那个她原本也不曾熟悉过的地方。

她的爱，是来自于《诗经》中"死生契阔，与子成说，执子之手，与子偕老"的浪漫。

爱之初，是生则同衾死同穴的愿，到头来，却是瓶坠簪折恩断义绝。

回到洛阳，父母已亡，她伤痕累累地独自生活在园子里，听离人鸟唱"不如归去"。

好在裴公子不是无情的人，他当下收拾了琴剑书箱，骑上那匹曾经带来李千金的马，踏上了赴京城应试的路，待高中后，定要风风光光地三媒六聘八抬大轿迎李千金进门。

这一发奋，倒是姻缘天定不负苦心，居然就状元及第了。

小时候，总喜欢看状元及第游街夸喜的场面，俊俏的少年郎着红披锦戴纱帽，一生的精气神都攒到这一刻似的。而那满街仰慕夸赞的人们，也同样是春风满面喜气扬扬，而这世界，也该是这样的清平喜乐与盛景祥和。

他来寻李千金，要与她重做夫妻。

他是洛阳府尹，裴尚书已致仕闲居，该是再也没遮挡地可以一家团聚了。

可是李千金，却没有要回转之意，声声句句全是怨恨。跟他私奔弃高堂来无名去无分时她没有恨，被藏在后园不但没身份连自由也没有还是照样生儿育女时没有恨。那时候她想得明白，爱情里有牺牲，只要两人心里有情比金坚的爱，怎样的难也不是难，被天盖被地埋也是不能再分开了。

可现在，这个人有了官职，要给她一个明媚的未来，可她却不能不恨，恨那一纸休书就不认了情分。在他狠心见她受苦受难受侮辱受驱逐时，爱情只成了一个虚幻的语言，轻飘飘的，没有一点分量。在李千金看来，裴少俊对她的爱，是可以退缩的。

对裴少俊而言，父命难违好比天；对她而言，夫却是天字出了头，她不能不恨，不能不怨。

李碧华在《胭脂扣》里写道："女人就像一颗眼珠，从来不痛，却禁不起一阵风，一点灰尘叫它流泪，遇上酷热严寒竟不畏惧。"

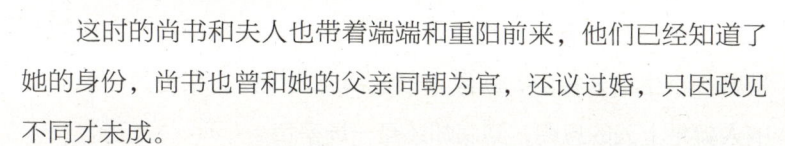

这时的尚书和夫人也带着端端和重阳前来，他们已经知道了她的身份，尚书也曾和她的父亲同朝为官，还议过婚，只因政见不同才未成。

要说这月老也真是折磨人，总是差着一步水到渠成，偏要来个飞流直下，不过这红绳系住的也真是跑不掉，只是一路的风尘和荆棘，都让一个柔弱的女子担了去。

赔罪也好，说情也罢，旧日恩情加一双儿女立在这儿，李千金仍不应允，最后还是在孩子的哀求下才不再赌气。

团圆的结局,一并从舞台上延伸到了现实里。

这厢的裴少俊卸了妆就是温和似水的俞振飞,那答儿李千金从后台走出来时,是明艳照人、摩登时尚的言慧珠。

她是"妾弄青梅凭短墙",他是"君骑白马傍垂杨"。

这爱是台上的眼波流转还是日常的搭档配戏,毫无心机甚至有些风风火火的言慧珠大概也分不明白。她是梅兰芳的弟子,言菊朋的女儿,戏里戏外从小就被这些文辞雅调熏陶得透彻,演戏那是天分,后来学昆曲的水磨腔,硬是没有把她磨成柔婉的大家闺秀。她张扬,她满不在乎,她与时代和环境格格不入,她穿着紧身旗袍,踩着高跟鞋,端着陈年的红酒,靠在窗边。

上海始终有自己独特的味道:迷离和暧昧,陈旧和新奇。夕阳打在墙上像烟火,让人的心总有种不安,人在孤岛,不知魏晋,那就过一时是一时,过一日,有一日的福气。

言慧珠始终有一种清冷的气息。她的清冷是压在内心里的,她曾和小生白云相爱,就像李千金偶遇裴少俊,认定这才貌双全的人就是上天的恩赐,到底却还是一场辜负。

她用伶人的泪水在台上醉,却不会用伶人的心笑看风云。她最终爱上了比她大近20岁的俞振飞,他的才是俊雅,貌是温情,经过了时光的雕刻,越发有了醇厚的底蕴,似一株苍茫却根系发达的树,让人只想陪着他看云卷云舒。她的热烈是不会随着年龄而改变的,她的一生都有女孩的娇,还有女孩微抬下巴时的傲。

也正因为性子里的这份辣,言慧珠在戏曲里文武兼擅,她演的《贵妃醉酒》突破了"贵而不醉"或"醉而不贵"的遗存，创造了"贵而欲醉、醉而犹贵"的意境，能让人跟着皆醉，而那份贵气，都属于大唐月下的她，连百花亭里的酒香都能闻得见，杨玉环的雍容华媚、娇蛮幽怨，都在那身段、念白和唱腔中展现得让人心碎。

言慧珠唱梅派，声音和梅兰芳几可乱真，但她没学到梅先生的淡。也许到底是女子天性的纤柔，她更适合唐明皇的盛世清平，再加一个欣赏庇佑她的人。当艺术遇上浩劫，当她这朵一门心思只想怒放的花遇上寒霜，那筋骨也只得被心力绷断。

47岁的她用《天女散花》里用过的白绫送自己去了另一个世界。她闭上那双总是含着笑含着俏的眼，放过了这个俗世，也放过了疲惫的自己。

转回头，情愿她只是《游园惊梦》里的伶俐春香，有少女的机灵，有细小的满足，还有几分侠义，唱一句"放下经史抛笔砚，背着先生书房离。串庭过巷路逶迤，轻移莲步小庭西"。

我倚秋而坐，面对的却是春天的韵味，背景是水墨疏笔，氤氲出淡淡水汽，人物近似白描，却秀气灵襟，岁序无影，风过落痕。

总是在这天然风物中浑然忘了身份，那端庄也不是永远不变的，看到这新柳萌芽、微风若熏、蝴蝶追逐，沉稳的心也会瞬间活络起来，随着饱涨的春天一起充满生命力。穿越九曲回桥，裙裾飞扬，拿着寂寞团扇就与蝴蝶戏，深闺里的活色生香就这样在无人处展露。那人也不再是世间的人，那景也不再是随风而至的偶然，人与景相融，人与景皆好。

看见大家闺秀，也许会生出爱慕里的敬；看见这天真烂漫的春色中人，只有欢喜，喜到可以走到这画里面和她相遇。

费以耕是费丹旭的长子，画承家学，但是比起父亲来，他的画少了一点深刻，却多了几分清丽，简远而疏淡。

清代的仕女画比前人更具文人气，它重语言重内涵，还有画家自己内心的解读，也许这和明清小说的盛起有关。他们除了让画里的人物有骨有肉，还要有故事。

如果说费丹旭的画能让人陷入故事里，看到那个琉璃的女子清寒地诉说，那么费以耕的画，则让人能看到自己的影子，恍惚忘了今夕何夕，只是跌入另一个空间，感觉真实得惊心。

忽然就很想有这样一个后花园，深深的阁楼藏在其间，晨起收露可见青萍点点，亭间抚琴可遇杨花漫漫，长日里窗边芙蓉笺远眉砚，一书古卷吹尽萧索。也可，为公子裳；也可，纤手剥莲。

这一去，绮陌香飘柳如线。

这一去，欲下丹青笔，先拈宝镜端。

这一去，写不成书，只寄得，相思一点。

这一去，今生已过也，重结来世缘。

【梧桐生门前】

执灯寻影·悦己

　　小时候家里是平房，在我房间的窗外有一棵高大的梧桐树。记忆最深的就是夏天的午后，往往都是别人在午睡，我却安安静静地坐在凉席上看书。浓蔽的树荫消退了夏的酷热，不时有蝉单调的鸣叫声，却打扰不了聚精会神的我。那时最幸福的事就是枕边有大摞的书可以看，而遇上雨天，雨滴打在梧桐树上，又纷然落下，这些会让我心绪不宁，总会拉过柔软的棉布单盖在身上，看外面的天空。也许是因为天色的暗？我也说不清了。

　　无论用怎样的方式向前追忆，总会有这样的片段定格在我曾经走过的时空中：我安然地坐在绿荫里看书，或者是雨天里望着窗外发呆。几乎所有的暑假我都是这样度过的，直到现在，我都觉得盖了被子才是安全的，尤其是风雨绕过窗前的时候。

　　攒了很多的连环画，却在搬家时悉数送了人，所有我遇见并读到过的书,不论印象里是深是浅,于我来说,都是一笔丰资。

而这梧桐,更是与我有一种相知相近的亲,它守护着我的童年和少年,又在我此后的旅途中,默默地连起古朴岁月。

王素的这幅《梧桐仕女图》上,题识李清照的《醉花阴》:

薄雾浓云愁永昼,瑞脑消金兽。佳节又重阳,玉枕纱厨,半夜凉初透。

东篱把酒黄昏后,有暗香盈袖。莫道不销魂,帘卷西风,人比黄花瘦。

诗词曲赋,琴棋书画,就像一颗颗琉璃的珠子,被时光串在一起,而那些久远的人,那些心底的忧伤和叹息,发酵成醇厚的佳酿,单只是闻到,也已成痴醉。

所谓诗情画意,就这样清清朗朗地落在了指尖案头。

闻弦歌而知雅意,像东篱下悠然闲适的陶渊明,或桃树下风流潇洒的唐伯虎,似乎这尘世片叶不沾身的洒然都让男子占了尽。沈复在《浮生六记》里说:"然情必有所寄,不如寄情于卉木,不如寄情于书画,与对艳妆美人何异?可省却许多烦恼。"

然而他的所有都不寂寞,他的身边,有陪他剪烛西窗、红袖添香的温雅女子芸娘。

易安的词,是离人心上秋,唯将自己瘦成一叶孤帆远影,杳杳地在风里辗转。

　　这首《醉花阴》里并没有写到梧桐，它延展到的还有一首易安的《声声慢》，开篇读下去，触到的全是冰清，起起伏伏，是写到了结尾，还惆怅难出：

　　寻寻觅觅，冷冷清清，凄凄惨惨戚戚。乍暖还寒时候，最难将息。三杯两盏淡酒，怎敌他、晚来风急？雁过也，正伤心，却是旧时相识。

　　满地黄花堆积，憔悴损，如今有谁堪摘？守着窗儿，独自怎生得黑。梧桐更兼细雨，到黄昏、点点滴滴。这次第，怎一个，愁字了得！

　　女子孤清落寞时，看景也不是景，连天地万物都像是要与自己作对，心里本就闷着泪，原想散散心，却到处清冷。

　　而这画，也是冷峭得逼人，粗笔大写山石，浓淡墨色描绘梧桐树叶，枝干苍郁，劲节有力，点叶勾花绘石边丛菊，笔法纵逸。女子隔窗凝视，清荫下，深秋里，纵然不在一个时空，读来，仍是充满暗香盈袖的美意。

　　有人说，写文之人要有一定的清醒，可以痴，但不可以迷。可我读书写文，却总有自己的任性，不去刻意地想该怎样痴怎样迷，或者怎样清醒，一切都是随缘就分的怦然心动，两下里相逢，两下里惊喜，如此而已。

你可记得我倾国倾城

梧桐仕女图　清·王素

32

情牵意惹的心思不独属于爱情，人和世间万物也会有惊艳的相遇，于我，是心底最细密的珍惜。

此时，对着这梧桐仕女，对着易安的词，我却怎么也踱不到宋代，我被一缕清歌绊在了晋，如武陵人入桃花源。

唐时的月色照着长风漫漫峡关万里，宋时的暖风吹着烟波画堂流水人家，只有晋朝，宛然成了君王的江湖。文人志士相携入了山林，清峻之气冲散了尘世的喧嚣，倒再也不去理会，只在文人的圈子里自在得如日影山色，清谈玄理曲水流觞，对问周易远咏老庄，索性抛了这不平不稳的世道。

天道悠悠皆是人世无尽，太多的太多都会随时光而去。

除了在《世说新语》里有一些关于晋人清谈的零星记载，其他的我们都无从可知。嵇康的《广陵散》已了无踪迹，还有一个女子，在时光中淡成了一个影子，甚至连影子都是通透的，看不真切。

她确实存在过，生活得沉稳，爱得浓烈，此刻我能看见的，没有姓氏和容颜，只是万古伤心。

她叫子夜，她的歌，叫《子夜歌》。

《旧唐书·乐志》曰："《子夜歌》者，晋曲也。晋有女子名子夜，造此声，声过哀苦。"

唐朝的人对音乐有极高的鉴赏能力，宫廷里有李龟年，弹奏着玄宗从仙山神女处学来的《霓裳羽衣曲》。《子夜歌》唱在唐朝，留下了哀苦，让人悲泣。

《子夜歌》被收录在《乐府诗集》里，以五言为形式，以爱情为题材，表达哀怨与眷恋之情，音阶摇曳，朗朗上口，属《清商曲辞·吴声歌曲》。

我终究是有一些不忍或是不安，有一种怅然郁郁于胸，似是空气里飘荡着的中药气息，原是疗伤的清苦，却会在直面伤口的痛楚间让锥心的感觉更清晰。这女子的名字，本身就是一个哀怨的故事，是深夜无人可见的悲凉，满月下的孑然独立，那盛开的芬芳是寂寞的忧伤。遇见她，好比一个梦，醒来只剩了歌声，绕梁不散，不绝于耳，再念她楚楚的眼神和凄然的笑，还是会落下泪来。

我用了一个冷静的开端，却在呼唤她名字的时候，仍然是忘记。还是被她缚住了，她的曲裾涉过满江芙蓉，一无所顾。她只是在唱着她的歌曲，我却一捧玲珑心，碎了满地。

日已暮，苍茫的天色映溪连山，袅袅炊烟升腾起家的星火，子夜几度开箱，反复想着是粉色的衣服更亮一些，还是桃木的簪子更配青丝，胭脂会不会太艳。她觉得怎么打扮都不够表达她去见那人的喜悦，怎么掩盖也遮不住眉弯那含着青涩和憧憬的笑意。

爱情里的女子就有这样堂堂的艳，粉面桃腮，就像那花应了时节，开得浓烈。她不敢让别人瞧见，惶惶的心跳得厉害，脚步却停不下来，那个他，是心里的方向。

　　来时，芳香盈路，是心花的次第开放，见了他，站在他的面前，月色都被他宽厚的肩膀遮挡。她垂下头去，轻轻笑着："天不夺人愿，故使侬见郎。"

　　才读到这里，我的心就微微地疼了，爱情那么美，可以陶醉到让自己低了又低，低到只是上天的一枚棋子，被它拈到了你的面前，拈到了爱情里。爱情也果真是这样，没有其他道理，就是，让我遇见你，是上苍的旨意。

　　我们哪一个可以背离，这红尘里注定的相遇？

　　我不让苍天作证，讨一个海枯石烂心不变的愿，只是这样美的开端，日后天涯那端想起，可还有温厚的怜惜？

　　那么，我这样地思念，又这样地等待。

　　喜欢在他面前拔掉簪子，让三千青丝倾泻而下，垂到他的腿上，牵了情思。

　　他的样子她永远都不会忘记。眼睛好比天上的星辰，闪着光，闪着爱，手指轻轻地拂过她的发。他喜欢她小小的俏皮，孩子一样的纯真，总让人怜得，一时一刻也舍不得移开目光。

　　绛珠仙子来人间只是要把欠下的泪水还给神瑛侍者，以落个轻松无债。可入了大观园，却是女儿情思漫漫。为了他，不只是以泪洗面，更是柔肠百结，呕心沥血。这一恨，就恨到了尘世前，恨自己没有带着金来配这宝玉的良缘。

　　白娘子修行千年，来西湖边还报救命之恩，为官人盗库银偷仙草，英姿飒爽谁也不惧，甚至倾尽天下之水漫了金山。转回窗前，却是低眉顺目，柔婉娇羞，跪在观音座下泣然，为何为何，我与他，竟是殊途，全然忘记了她所来原本就是为做一个了结。

　　林妹妹的冷和素贞的烈，都融化在了爱情里，上穷碧落下黄泉，若还有恨，也只能归为一点：谁叫自己，端端地爱上了他，且爱得深沉，爱得无法离弃。

　　所有轮回里的女子是不是都有爱情传递前世的纠葛？那奈何桥边的孟婆真是慈祥，喝了孟婆汤只是记忆里的遗忘，清清爽爽地走到爱情里，一刹那，灰飞烟灭，世界只剩了他。天定的烙印，是打碎了再重来也去不掉的。

　　就是子夜，她一个平凡的女子，生命里总要有一段爱情。痴痴念念，不过是爱情最普通的表情。

　　那个爱着的人远去了，她的心也跟着没了影子，妆奁不再打开，薄薄地覆了一层尘埃。用指端在尘埃里写下他的名字，写下自己的相思，总是不能自持，转回头来，透过泪水看到衣柜里的衣服，那旧日的脂痕还在，他却去了千里之外。

　　他也是这么忧伤地想着我的，像玉林对着石阙。

　　她想得那么美好，如果一生都要这样长长地念，分在天涯的两端，那么，会不会，他的美好和爱，就和自己的生命有了同等

执灯寻影·悦己

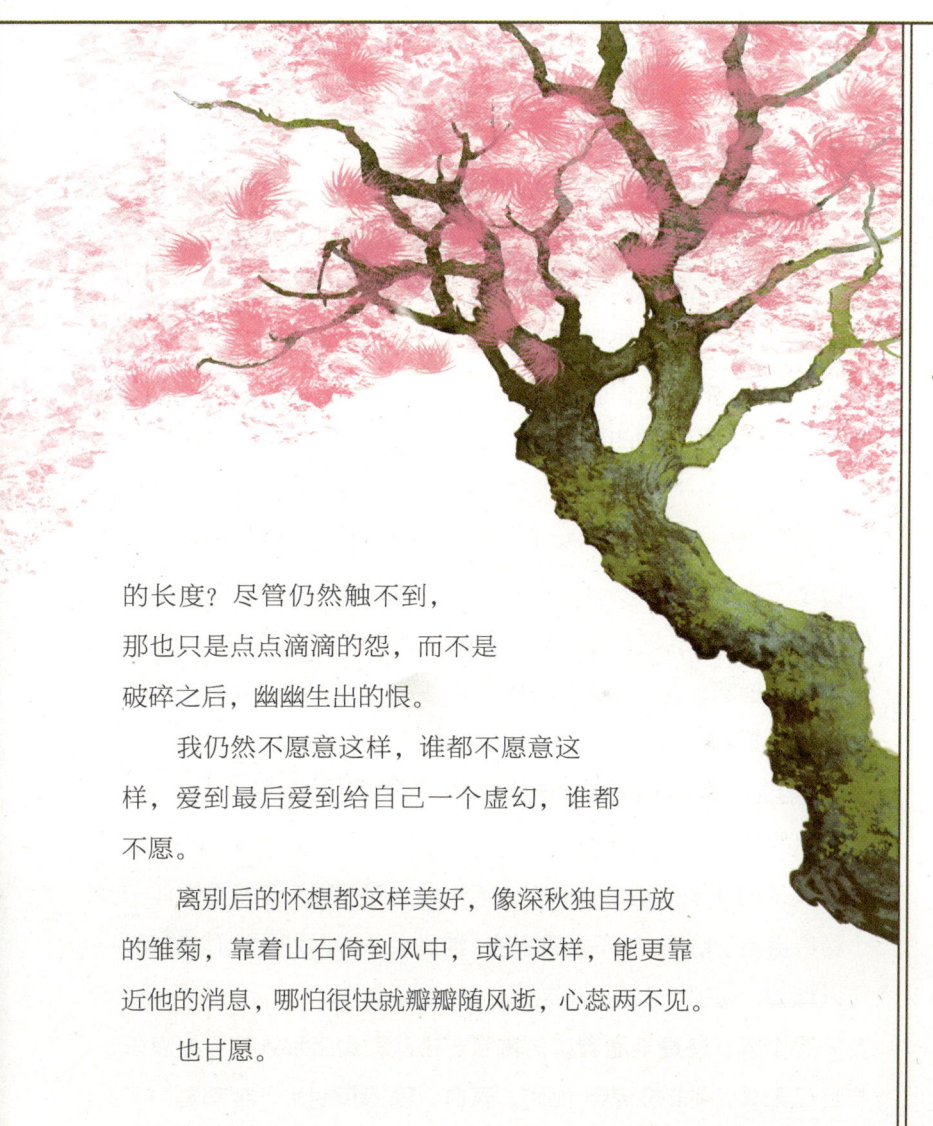

的长度？尽管仍然触不到，那也只是点点滴滴的怨，而不是破碎之后，幽幽生出的恨。

　　我仍然不愿意这样，谁都不愿意这样，爱到最后爱到给自己一个虚幻，谁都不愿。

　　离别后的怀想都这样美好，像深秋独自开放的雏菊，靠着山石倚到风中，或许这样，能更靠近他的消息，哪怕很快就瓣瓣随风逝，心蕊两不见。

　　也甘愿。

　　想着他，就在身边，早上出门去，晚上踏着夕阳回。小家的日子就是这么平淡，却处处贞静，岁月悠长，她穿梭织布，用尾指打了一个细细的结。

白头偕老的心愿，在爱人间是最平凡的相许，此刻却是一骑风尘，关山万里。

她以为是这样可以丈量的距离，却没想到他娶了身边的女子，忘了远方还有一片为他守候的痴心。

"若不信侬语，但看霜下草。"

她这样根深蒂固的话，他可还曾在意？

子夜这个美丽多情的女子，让人心疼得找不到语言来劝慰。她仍然不肯恨他，连责怪大概都没有。她怪的是当时青春年少为何没有成就姻缘，这一误就是终身。

她想他啊，这一个想字什么都没法抵，想到肝肠寸断，断的每一截又都能生出思想来，细细密密的全是相思。更鼓敲夜不相逢，泪痕无力载悲苦，她真想跟他诉说，可是面对的只有他的沉默，连梦里的喜悦都显得单薄。

女子的惆怅都是由爱而起，不停地追问只因手里没有握住一个稳稳当当的结局。她不是看不清，她是太多情，她以为可以唤回，可以打动，可那个人，不回应。

那个人在冷冷地看着，仿佛看一出戏，台上那人的喜怒哀乐与自己无关，她的炽热、忧伤、表白、等待和泪水，全都是为了演给他看。

男人总是比女人冷静，早一步跳出结局之外，再轰轰烈烈的情感，也与他不再相关。

她还要跑去和他比邻而居，只为了能看到他，让自己的人生还有一个丰满的影子，因为我是这样地爱着你，所以，忘了自己。

似乎，真有与生俱来的忧伤，仿佛清晨里的蔷薇，带着露珠，点点凝眸。

已是深秋，夜越来越萧索，读着这缥缈而来的《子夜歌》，心里就沉郁起来。子夜什么都没有留下，而那个她深爱的男子更是连面目都难见，只有这歌谣，让我于深夜独自黯然。窗外是寒星伴月，我却不敢再想爱情这个天定的命题。

同为红尘中人，谁也说不清，只因为，都那么深爱。

《子夜歌》有浓郁的民歌气息，还有汉赋的文采，因为形象动人又贴切自然，所以易于流传。

《乐府解题》中说："后人更为四时行乐之词，谓之《子夜四时歌》。又有《大子夜歌》《子夜警歌》《子夜变歌》，皆曲之变也。"

而后面这些，因多了修饰，更显精致，但感觉离得远了，情也浅了，那女子不再是子夜。

歌谣数百种，
子夜最可怜。
慷慨吐清音，

明转出天然。

我在《汉魏六朝诗选》里找到了《大子夜歌》，它看得通透而明白，只是这一句"可怜"，让人潸然叹息。

胡兰成在《民国女子》里写："我与爱玲，却是桐花万里路，连朝语不息。"

他俩的爱情，今夜不再想。沿着子夜的轨迹走过来，心里已是郁郁地痛，不敢再碰另一段不圆满。

《宋书·乐志》记载："晋孝武太元中，琅琊王轲之家有鬼歌子夜。殷允为豫章，豫章侨人庾僧虔家亦有鬼歌子夜。"

子夜在历史沉浮中几近成了一个传说中的人物，但我相信她真实存在过，也相信传说。

在这深夜，只得心曲一声，哀伤凄婉。一时间，幽冥寂静，木鱼声歇，只剩余情缭绕，徘徊不散。

【待月西厢】

　　童年的时候,家里有很多小人书,几乎堆满了两个大箱子,放在床下。每天放学回家都会习惯性地先搬一个小板凳坐在床前,把纸箱拽出来,然后一直看到再三被叫着吃饭。

　　只记得那些日子美好而又单纯,生活里有这样小小的快乐就已十分满足。画书中多是古典名著和一套套的连环画,可惜我似乎还真没有整套的,但是也不妨碍我一遍又一遍看得津津有味。还有不少民间故事,凿壁借光、闻鸡起舞、头悬梁锥刺股,也都是从那上面看来的。

　　记忆中,那些画都是黑白的,粗犷简单,重在表情,却很能调动情绪,让人随着故事情节,跟着里面不同的人物起起伏伏,经历各种感受,很有魅力。

　　后来开始看书,沉迷在文字里,小人书上慢慢堆了尘埃,再后来搬家，一股脑儿送了出去。

现在回想起来，多少有些遗憾，并不是因为它们有了价值，而是那上面凝结的儿时记忆。那些时光也会慢慢发黄，却是一个停顿就能想起来，没有丝毫距离。

中学时，漫画盛行，很多同学都喜欢看。我试过几次，却怎么也看不下去，连从哪个方向看都搞不懂。大大的眼睛小巧的鼻子，我不知道他在表达什么，更不用说故事了。我常常是找不到路就顺着自己的感觉走，于是同样的漫画看下来，与别人的所得全然不同：我把里面的情节全按自己的心思重新编排了，结果倒不是我看漫画故事，而成了柳暗花明又一村，我到自己的园子里摘了朵蔷薇。

现在，我仍然不看漫画，只是偶尔对某些闯入视线的绘本和插画感兴趣，至少那里面是我熟悉并且喜欢的东方神韵。而当我第一次看见明清画家的故事图册时，先是感慨万端，接着心里舒了一口气，原来它们在这里等我。

这些年与画册若即若离，相伴却不相亲，不是自己没缘分，而是，还没翻到这一页。

费以耕的这本《西厢记册页》，把肖像和花鸟画法结合在一起，不仅注重人物表情，而且反映内心情感，加以细腻的环境渲染，一草一叶都不含糊。费以耕的仕女画深得家学，女子体态袅娜，

执灯寻影·悦己

西厢记册页 清·费以耕

清瘦柔弱，我见犹怜。

在他流畅的笔意下，柳迹可寻，发丝可见，配上颜色，比想象中真实的原貌还要好看。

只见画中粉墙隔院，花静枝浓，女子未语含羞，心绪无端。

普救寺里，春光无限。

《西厢记》，全名《崔莺莺待月西厢记》，是元代王实甫的名剧。

里面的人物和情节，今人大都太熟悉了，张生、崔莺莺、红娘，包括普救寺都因此而有了名气，让清修之地有了人间情感，护佑的可是痴男怨女。

书生张君瑞去往京城，路过普救寺进大殿参拜，上有菩萨，心有圣贤，脚下还有要奔的前程，身体还没转回来，冷不防地看见了相国的女儿崔莺莺。

竟是五百年前就已定下的业冤。

也不再理会功名了，十年寒窗的苦，抵不过一面之后的情牵。牵的不仅仅是心，连魂都跟着去了。

他找了个理由，应试需要静房温习，遂向寺里借了间房，好与莺莺朝夕可见。

崔莺莺是随母亲一起，带着幼弟护送父亲灵柩回乡，暂居在这里的。老夫人管教一向严格，莺莺生长于侯门，自然温顺，深居简出，不见出来。

张君瑞左思右盼，只见俏丽的小红娘。

"若共她多情小姐同鸳帐，怎舍得她叠被铺床？我将小姐央，夫人央，他不令许放，我亲自写与从良。"

同样的话，宝玉也对紫鹃说过。曾经一直觉得这个张君瑞实在是不安分，看见莺莺立刻喜欢上了，看见红娘，也立刻暧昧。可是再三读过《红楼梦》，宝玉对其他女子都是怜，只有对黛玉才是爱。这话他是对着紫鹃说，可戏的人是黛玉，黛玉也明白，所以立刻就恼了。

再看张君瑞这动起的心思，也念他是对莺莺的一份痴情吧。

总算找了个机会跟红娘说话，絮絮叨叨地说："小生姓张，名珙，字君瑞，本贯西洛人也，年方二十三岁，正月十七日子时生，并不曾娶妻。"好像见家长似的。

我每次看到这里都忍不住要笑起来：面对自己的一腔心事，又不知如何告知对方，盘算了又盘算，思量了又思量，好像把所有的对白都设计好了。别人怎么变招式，他也能稳接不乱，可一打照面，心里什么都没了，慌乱得如同上了天子朝堂，话也没逻辑了。张嘴自报家门，以为还可以留得一点面子，谁知泄露得再无遮掩。

就是要打小姐的主意，明眼人都看得出来，满腹经史子集的读书人，被一个小丫鬟义正词严地教训了一通：

小姐在西厢,云淡风轻夜烧香。
隔着墙,有人诗挑。

张君瑞遂又作了一首诗:

月色溶溶夜,花阴寂寂春。
如何临皓魄,不见月中人。

莺莺被这诗的清新文雅打动,依韵和了一首:

兰闺久寂寞,无事度芳春。
料得行吟者,应怜长叹人。

听完这诗,我也是且喜且忧,莺莺回的不是诗,倒是张君瑞日思夜想的一片情。她的芳心动了念头,如一片花瓣飞入湖心,惊起无边扩散的波纹,再也由不得自己。

女子在世,也是一场修行,仿佛花魂月魄一样清洁,是深山空谷里的灵妖,不沾人间雨露。可一旦有了凡心,向往的就不再是脱胎换骨极乐无忧,而是普普通通的飞花逐水。有了情有了泪,有了收不回来的漫长一生。

那么严格的礼制和家教,莺莺就这么轻易地被隔墙的一首诗打动。听便听了,还要和上一首,还那么大胆地把自己的苦闷一股脑道出。

她知道那边的人是谁，天下也只一个张君瑞，此时不差分秒地停在那里。

小姐和书生，原是两生情，最初那一个照面就已见了分明，这一对一和，一递一声，不过是表心迹，探回应。

看破红尘的长老，还连带着操心别人的家事，好比民间请菩萨拜观音，每日里拈香，大事小情都要虔诚念叨。天然的喜性就是这么没有法则，比起那些善讲大道理的伪道学，他们更真实，更有一种空阔光明的喜悦。

天道贞亲，舍不得这土质，由此才更绵密深长，代代繁茂。

长老帮助张君瑞来莺莺父亲灵前上香，道姑收留陈妙常，都一样是喜人世团圆的菩萨心肠。

张君瑞为了莺莺，前途后路都不理了；孙飞虎为了莺莺，不惜动用三军。

一文一武，莺莺可走的只剩下了黄泉路。

老夫人情急之下许诺，谁能退了兵，就把小姐许给谁为妻。

孙飞虎忙来忙去，全都帮了张君瑞。他给统领十万大军的白马将军写了一封信，这故人就来解了围。

老夫人安排下酒席，酬谢君瑞，两个年轻人激动万分，心里已经郑重地确定对面的人是上天有缘，母命有言的姻缘中人。

老夫人不紧不慢："莺莺，先来拜见哥哥。"

这是逼着人造反呢！相国夫人还不如仗义的小和尚惠明，连红娘都看不过去了。

自古才子佳人的故事，情节多有相似，一心相许的时候总有个古板的家长来棒打鸳鸯，看得多了，愤懑之情便不再那么强烈。可这种晴天里起轰雷，说不得怨不得，暗地里肝肠寸断泪不停的痛，还是会在心里荡来荡去。故事可以是虚构，感情却不是想编就能编出来的。

汤显祖写到杜丽娘死去时，一个人跑到后园子放声大哭，几乎哭到晕倒。戏剧是舞台上的冲突，可是作者一定先柔肠百结地把爱恨情仇演了个彻底，洒上十分心血才能得这三分凝眸，终得成书。看的人，能体味一二，就是作者的福气，剩下的浓烈痴绝，都是来源于各自的心。

在别人的故事里，动自己的真情。

不管是作者还是读者，这是笔墨间最终的牵连。

尤其是对元代的文人，总会有种放不下的哀叹。元政府根据职业把天下臣民分了十个等级，其中九儒十丐，看得让人心酸。

宋朝处处被看重的文人，换了一个朝代就直接落到了底层。

元代留有一篇《朝天子·志感》："不读书最高，不识字最好，不晓事倒有人夸俏。"

当时长期不开科考，读书人断了道路，江山让一个放牛的穷小子捡了去。

可这些并没有影响元朝文化的发展，朝堂是天子的，民间是自己的。

元朝的戏曲到达了鼎盛，《西厢记》《拜月亭》《琵琶记》《墙头马上》享誉至今；元朝的小说精彩绝伦，《水浒传》《三国演义》起笔就是恢弘巨篇，直接带领章回小说登上高峰。

相比于诗词，戏曲更泼辣、直白，更贴近于人情世故。

君瑞危难之际立了大功，已不再是单单的书生形象，立刻具有了英雄豪杰的气概。老夫人变了卦，小姐赌气伤心无可奈何，红娘却见不得英雄落难。

她引领着莺莺走到君瑞房外，借故离开，里面的弦顿时改了调。

有美一人兮，见之不忘。一日不见兮，思之如狂。
凤飞翱翔兮，四海求凰。无奈佳人兮，不在东墙。
将琴代语兮，聊写衷肠。何日见许兮，慰我彷徨。
愿言配德兮，携手相将。不得于飞兮，使我沦亡。

"款款东南望，一曲凤求凰。"莺莺听得伤感不已，心事重重。

君瑞似乎也是用了所有的爱意来奏这一曲，一曲即了，相思不起。

莺莺让红娘前去探望，并捎回了君瑞的一封书信。

红娘的机灵聪慧绝不仅是大事面前的从容，还有小事里也想得周全，知道做事的把握，拿捏得很有分寸。也只有她了解自家小姐，哪怕是在她这个最亲近的人面前，也要有一副女孩家的尊贵，若就这么直接把信交给她，弄不好还会怪她轻浮。

她把信放在妆盒上，也是没免了挨骂。莺莺兜了一大圈，其实在乎的还是手里那张薄薄的纸。

爱情的千难万险，她是一脚踏了进去。

且回了一首溢满香尘的诗：

待月西厢下，迎风户半开。
隔墙花影动，疑是玉人来。

良夜迢迢，闲情寂静，花容月貌的小姐正在拈香伏拜，有兴致的书生跳过墙来。

小姐义正词严，很不客气地教训了他一通：窃玉偷香的事情没理清，小姐心事难猜，是她自己解不开。心里已把张君瑞视为终身托付，却又下意识地遵从礼教规矩。诗写的是真，心里的情感铺陈。这话说出来也是真，里面含了一点怨，不背菩萨，有情相系有缘相聚，也有机会相配，为什么就是不肯给那个分？

她不能哭不能吵，既失体统又失身份，会被人嘲笑。也只能骂两句小丫头，表示自己不在乎，可看见了这个有业冤的人，就怎么也忍不住，这脾气和委屈，也只能冲着他。

把他推到"理"之外，还是紧紧抓着情，她还是放不下他。

红娘再出场，颠着小碎步，头上花枝轻颤。她眼神活泼俏丽，声音轻快，手里拿着一个棋盘，一走一摆，煞是好看。配着西皮快板的唱腔，一出浓情大戏已经做好了十足的准备。

张君瑞和崔莺莺，私定了终身。

君瑞为情所伤，良药无医。莺莺疼在心上，她是唯一救他的药方，所以她来得坚定，自在成仁，生无挂碍。

老夫人看出了端倪，没办法，也只得应允，但要君瑞立刻进京赶考，求取功名。

莺莺在十里长亭摆下筵席送君瑞，一声一悲。

"休要停妻再娶，休要一春鱼雁无消息，若见了那异乡花草，再休似此处栖。"

君瑞去了，长亭复短亭，一枕鸳鸯梦不成。

"碧云天，黄花地，北雁南飞，晓来谁染霜林醉？总是离人泪！"

半年后，君瑞高中状元，两人团聚共数日月。也让人看后觉得，这样的结局是一开始就能猜到的，一定是这样才称得上人生有期许，志在圆满。

暮春时节，花正凋零，沁芳桥旁，宝玉坐在一块大石头上看书。桃花随风而落，纷纷似雪，宝玉用衣服把落花兜了，倒进河里，正遇见手把花锄、臂挽绣囊的林黛玉。藏不及，书被黛玉拿了去。有段感情是捧起来就放不下的，他们坐在旁边一同看起来，直看到痴痴忘我。脱口而出心里压了太久的话，"我就是个多愁多病身，你就是那倾国倾城貌"。

他们看的就是《西厢记》。

我曾经想，若冰清玉洁的黛玉看的是《莺莺传》，她一定会恼几天气，一定会更加不安定。

王实甫的《西厢记》是根据金代董解元的《西厢记诸宫调》艺术加工改编而成。这个故事最早却是出自唐代元稹的《莺莺传》，又名《会真记》。

不同之处就在一个结局，书生与小姐告别，中状元的是戏曲里的张君瑞，一去不回的是传奇里的张生，或者应该说是现实中的元稹。

张生落榜，也没有再回来，只是给她捎了些脂粉。莺莺千言万语也只是轻怨，已经委屈得像个弃妇了，远不如戏里她对跳过

墙来的人一通骂来得让人觉得舒坦。怎么看怎么觉得这才是可追忆的爱情，一个人躲在没人的地方自哀自叹。爱情反而像浓雾，包裹得周身全是，却一丝一两也握不住。

最可恨的是张生把这场艳遇当成炫耀的资本讲给别人听，把一个女子的私情到处传播，他的人品就再也难提起来。当时有人也看不过去，问他究竟是什么想法，他居然说，莺莺天生是尤物，不遇上我，也会遇上别人，更是拿她比妲己褒姒。

好像他逃过了纣王幽王的劫似的，不禁有些好笑，再读也就不恼了，碰上这样的男人，也只能怪自己命不济。

金岳霖深爱林徽因，爱得世人皆知，为她终身不娶。直到她去世后，他仍然记挂着替她庆生辰，他是庆这一天，人间有了她的存在，让他的爱才有了着落，让一生有遗憾却不虚空。

有人采访想知道他的心里话，他面露深情与悲哀："我所有的话都应该同她说，我没有机会同她说的话，我不愿意说，也不愿意有这种话。"

  他爱得堂堂正正,爱得清白刚烈,充满对林徽因的敬慕和呵护。他的爱,深阔如海永不干枯,让所有的人都哑口无言,这是他永远的人间四月天。

  后来,张生和莺莺,男婚女聘各自成家。张生找了机会想见莺莺,莺莺却不想再见他了,他伤了她的心,更伤了她在尘世的爱情。

  只是留给他一首诗,是警醒他,也是提醒自己:

弃置今何道,当时且自亲。
还将旧时意,怜取眼前人。

  在爱情里打了个滚,几近风尘,最后走进寻常人家,也让人放了心。

  《西厢记》和《莺莺传》还有一点不同:唐代的莺莺不是相国的女儿,充其量只是殷实富户家的小姐。

  董解元和王实甫都读得明白,也化解得无奈。"花落水流红,闲愁万种,无语怨东风。"

【无端不寄相思字】

"只缘感君一回顾，使我思君朝与暮。"

陈字，心中有诗情婉约，门外是浩荡山河，落在笔下，是心性天定的从容淡泊。涉过红尘漫路，回转亭前灯下，日子悠长而深阔，原可以这样，用三分轻薄的眼色，来覆盖心里明媚的忧伤。

他号小莲，师承家学，深得其父陈老莲的风华，笔墨洒脱酣畅，意蕴奇傲古拙，有大家气局。老莲的画里，是空灵中沉淀着厚重，读到最后合上画卷，仍还有一丝排遣不了的叹，窝在心里有丝丝的疼。小莲的画，雅澹之中见沉静，其他的，都是淡，呼吸间，点点幽香，这种感觉，宁静而致远。

片叶不沾身，看尽三千尘土皆茫茫。

他个性孤傲，不容于俗世。生逢明末清初，天下纷争四起，江山易主，世道少了安稳，心就总也不踏实。索性看开这急急时光，既然哪里的屋檐都能有燕衔泥的春日欢约，长河万里，他选择了游历，醉在山水之间。把要牢记的，和在清酒里咽下；把要忘记的，化成啸声，驻扎在草木山石中，化成精化成怪，却温情得只想让人坐下来。遥想当年，雁过长空，影沉寒水，自有一番风骨在。

小莲绘得十二仕女屏风，皆以贵族女子静日里闲雅的生活点滴为意。他用传统的"三白"法晕染脸部妆容，服饰多素雅铺陈。周围环境疏朗清秀，不管是梧叶惊秋，还是阆苑采芳，或者是避日厅堂里的玉棋闲敲，都透着一种静，一种光阴缓缓的静，透着清冷。

小莲的画风里有一份苍拙高古，隐匿在舒雅的衣饰线条和明朗的神情举止中。女子的清逸贞娴就这样铺陈开来，落在寒梅上，可吹花嚼蕊弄冰弦；置在暖阁间，又可"赌书消得泼茶香"。她是青花瓷上勾勒的淡远，是帘外轻纱上的花枝烂漫，是世间男子安于一室的守候。有她在，岁月便端得起那份厚重的人生，纵使韶华流逝，也还有一个人，等在你的后园。

对世不留人情在，宁愿独醉太息的小莲，把暖意都留给了这些女子，把她们带入红尘凡事，于是那情思里，就有了惦念。

这闲，是富贵中的闲适，是夫君不在堂，楼外丝竹管乐盖不住的忧伤。

执灯寻影·悦己

竹荫铅椠图 清·陈字

这娴，是眉目里的端宁，是温良恭俭让，指间琴棋书画泼不尽的孤寂。

极淡，风一过，便就散了。

等他的目光可以像重遇旧相识的故人一般，阅读这园子里的粉墙瓦黛，阅读这你为我栽下的一草一木，心里再无纷争，也无粉翠翩然，忆往昔长河如梦，岁月如歌。

而后，绕过那道回廊，隔着水，望见我坐在竹叶下，和你走时的景色，一模一样。

他们之间没有故事，就像那水，太清澈反而失去想象的空间和追逐的魅力，不过是用大红纸填了生辰八字问过天，这花枝圆满的开始就到了合跪天地。看到他揭开喜帕的瞬间，露出微笑，她攥着衣带的手也才松下来。

她是这个府院里，贤德的妻。

他在家的时候，她拢着袖子为他研墨，或者洗手做羹汤，只想伴在他身边，为那柔柔递过去的眼神能有一片心来接。

娶来的妻，是要养在深宅，守在厅堂，葬在身旁的，就像那团宝珠匣里的玲珑玉佩，不可外出炫耀，只能安藏一隅，用以封锁光阴做传家宝。

不用动机杼拈针线的日子，也许本不该再有伤感。她的美丽与动人，原就该在不经意间。风拂花柳上东墙，不过是一岁增一岁。

他离开的时候，整个园子都会黯淡下来，哪里都不是景，只有玉漏迟迟，一声一声惊着心。

转眼，岁寒凋落，她已不是新妇，却无意地，修成了园子里的景。她是最凝眸的三秋桂子，攒着一世的香，飘不尽，落到尘埃里，也还不是结局，要酿成酒，醉到他的骨子里，所以，便不再争。

铅椠，它一指写字的工具，二指写作校勘，三指文章著作。不管怎样解，都与笔墨分不开。宋人有诗句"弓剑出榆塞，铅椠上蓬山"，就分别说的是出塞杀敌和著书立说。

可这也都是男人的天下和精彩，女人习字是为德言容功，是为了更好地相夫教子，或是长日春深里解解烦忧，不可生那无妄的心。若移了性情，那就犯了大忌，无论如何，琴声字画和诗句，都不能随着柳絮飞过这青砖绿瓦去，若落到男人的酒席间谈笑里，那就顿失了高贵和颜面。

她闲庭里着裙轻蹀，入了心也吟几句春花秋月，日下分花，也不过是凑趣应景。这园子里得有人才有生气，才有灵气和秀气，而一个既会吟诗写字，又会弹琴品画的女子，加上有份可藏的相貌，可观的气质，还有耐得住的沉静，若再添得三分解语，真是男人的福气。

何况，她还有身份和修养，一切都拿捏得恰到好处。

这就是她,爱而不沉溺,离而不忧伤。

清爽的云气,远远地弥散,呼吸间,无边的灵气扑面而来,这是沉静里的一首和韵离骚,竹影婆娑也恰似一帘风情。

她什么都不愿意想,男人可以愁饮欢吟,逢场戏风月,她却只能在这园子深处越来越无声。

这里是她经常来写字的地方,平日里这个大红的绣垫就放在这,偶尔走得累了就坐在这里发呆。

想想那份怨,原也是说不得。他是贯达的人,胸腔里有报国之心,性情洒脱直率。她也知道,他也有委屈和伤痛,但他不说,她便不问,只是面对他紧锁的眉,总是忍不住轻轻抚上去。

有时,他便会把她轻轻地搂在怀里,头埋在她的发间,有孩子一样的深情流露。

这是他们之间最亲密的举动。

她心疼他,也存着感激,并不是因为他给了她这份富贵。

他修了这个园子来给她住，供她雅玩解忧。她是一个有才情的女子，这样的女子，也许容貌不是倾城的，但寂寞一定是。

若有一天离开了，那也一定是魂飞魄散。流云的聚散、游鱼的嬉戏，这些才是生动的，提醒着她珍惜岁月静好。

也因为它们才不会腻，何况他也经常从外地给她带回奇花异草赏玩，一同带回的，还有长袖回风的歌妓。

她接过她们手里的茶，在妆奁里找最好的首饰做见面礼。她待她们也客气，她当她们是客，虽然要在同一个大门里生活一辈子。

她也没有给她们立任何规矩，她的话是算不得数的。她这边貌似威严地说出来，那边没几日或撒娇或啼哭得了赦免令，没趣的还是她自己，这又何必，干脆直接奔了大度去，也免得日后有气。

倒是他，当着她的面告诉那些新来的女子，不得她的允许，谁都不准擅自进这园子。

那份尊贵和地位，被他托着才有效，绝不是只剩一个空壳里的名分。

晚上，他陪她在窗子旁赏月，试着想跟她解释。她摇了摇头，拿起一件为他新裁的衣帮他试穿，又为他煎了茶，然后听他说一路上的见闻和风光物产，也有仕途里的牢骚和对她小小的思念。

有你在，我来去皆心安，他说。

够了，足够了，她不要任何解释。因为她了解他，了解得比谁都深，所以在他面前，她从无悲苦。

那些女子个个眉目如画，谈吐不俗，能歌善舞，想必也是自幼经历了一番家庭变故。她不想与她们为敌，也不会仗着身份就有所刁难。在她的感情里，她们连客都不是。

她们或许也有绣口诗才，却难论经纬；她们的桃花脸颊定不会出入厨房烟火，纤纤十指也拿不稳绣花针。

这些，她一眼就能看出来。她们还不知道，女人为妻妾，要贴着男人的温暖，亲力亲为不表示能干，而是代表私心，诠释着爱。

偏院里开始有笑语丝弦，总是隔了墙飘过来，缠缠绕绕不肯散。她们穿红着绿点蔻丹，她却习惯了淡雅衣衫，装饰原本就少，现在更加简单。她们可以抛头露面，照样登台献艺，在客堂助兴着那里的一厅风月。

她却是来个本家兄弟都要避开的，她的琴声只能在静夜里响起，更是一个字都不敢流落到园子之外。

宁可烧了毁了，只剩下一把灰烬，还有温度，哪怕只能传递心酸。

自古男人和女人就是泾渭分明，男人可以怀才游四海，仗剑走天下，颓废了有歌楼馆驿，愁闷了可山川游历，贤达了安定下一家眷属，怎样走过的一生，都不会苍白。待日暮沧桑，还可以分门别类地写回忆。

而女人的路就只有一条，找个依靠，扎了根，向内深深地缩起来,缩到无路可退,就得再回过头,勇敢面对。

她在那石前坐下,铺开纸张,拿起书卷,撇开耳边的歌声,专注于眼前,无端地,手抖了一下:他就在墙的那一边,她写下的,仍是一句熟稔的相思。

女子的期盼和回忆里,翻开第一页,先是那个浓郁的"情"字。

《幽梦影》里写道:"值太平世,生湖山郡,官长廉静,家道优裕,娶妇贤淑,生子聪慧,人生如此,可云全福。"
此一愿,长醉不醒。

她安静地守着良辰美景奈何天,被小莲画上了锦屏,看这韶光,也真是贱。

你可记得我倾国倾城

修竹仕女图 明·仇英

【文窗窈窕纱犹绿】

　　一间不大的亭楼，一扇精致的窗，一桌文案铺开，就开始了一个女子锦绣的日子。华丽而深邃，沉静而空旷，所有的诗情画意都在笔墨间随韵脚铺陈，像那桃花瓣上的容颜，在光阴里一点点黯淡。最后风吹云聚散，唯有痕迹是刻在自己的年轮里，别人亦不知，自己攥得紧，放不开。

　　其实，能有这样一个地方，写下一些柔情，暗扣半丝秘密，也真是福气。

　　外面的喧哗也是从这路上过，她却能瞬间地静下来。能静下来不难，因为心里，守着一个人。

　　她在窗边埋首凝神弄诗词，只为那份长出枝叶的眺望能有一个盛开的空间。

文窗，这个词充满了文气，而它似乎又不属于才子，它是一个女子的伴，一个女子的边和岸。

只能到这里了，已经到这里了，在这里可以看到晨光熹微，傍晚白露山岚，钟鼓总是这样不知疲倦地敲着，淡淡扫过如花的红妆。

清朝的龚自珍写过《梦行云》："一枝艳艳文窗外，梨花凉弄影。"

无限美感顿在依稀隐约中，如月色下的相逢。听远处的胡琴苍凉地响起，却什么都不能说。

元稹的诗中也写过文窗："舞榭欹倾基尚在，文窗窈窕纱犹绿。"

这诗充满花间的香，还沾着脂粉，那种欣赏，是带着玩味的。

古人有训："少不入川，老不出塞。"后面的话想起来就让人觉得凄凉，只得在自家门前的树下唏嘘，那远行的心再也不敢有。人到暮年，就有了太多的眷恋，也看过了路边风景，繁华过后归于寂静，塞外的寒鸦道是无情，那阳关边塞，遥远得好似另一重人生。

而这句"少不入川"，明则是语重心长的告诫，其实却是不折不扣的诱惑。流连青山绿水没有错，陶醉软玉温香也是寻常。

路陌遇良辰，彰显一下风流，蜀地风光的魅力就在这句话里体现得淋漓尽致。

何况，他不是自己跑去的，天子的朱批一落，替他钦定了这

执灯寻影·悦己

——文窗写韵图 清·顾洛

个地方。

元稹有才气，而且聪明。他的妻子韦丛出身名门，嫁他是有些屈尊的。她却毫无骄横和愤懑，而是勤俭持家，与元稹花前月下柴米油盐，生活得有情有味。

家有贤妻夫祸少，元稹在仕途上正鼓满了风帆，妻子却病逝。幸福的生活太短了，才仅仅7年，短到让人除了怨天怨造化，实在不忍说缘已尽的话。

最伤心的还是元稹，他写了一系列的悼亡诗，来纪念这个他生命里最重要的女人：

曾经沧海难为水，除却巫山不是云。
取次花丛懒回顾，半缘修道半缘君。

谁都不能取代她，不管是薛涛，还是莺莺。
也许后面这些女子的悲凉命运都来自于这里，他此后惯看风月，却不再有情。

无情的他开始写艳诗，与悼亡诗同样有名。

韦丛离开的当年，元稹就纳了妾。
后来他任通州司马，那里山清水秀，雨霁的疏疏竹潇，晴空的斑驳绿荫，一个拐角一扇窗都是难得的精致，却又那么安分，

似乎和这天这地这水土都是相融的。少不了女子的点缀，少不了世间情感，凡人心里的俗念，却慕煞了神仙。

他在那里认识了薛涛，比他大 11 岁的薛涛。

《名媛诗归》里记载："涛八九岁知音律，其父一日坐庭中，指井梧示之曰：'庭除一古桐，耸干入云中。'令涛续之，即应声曰：'枝迎南北鸟，叶送往来风。'父愀然久之。"

迎南北，送往来，暗示了她自己的命运。只怕长大后做不了深宅大院里的贤良女子，只是犹自飘零，依无所定。

当父亲的预见了未来，却也没有能力改变。原来父母之命也是难改天意，命中注定的结局，还没开始，已有了轮廓。

她那个时候才八岁，只是看树干高长，叶子脉络里也有晨昏，且比她看得高远，还有鸟和风来来往往地陪伴，于一个小女孩来说，这些自在足以让她羡慕。

由此也可见得薛涛才思敏慧，小小年纪便不流于俗，开口之时自有一番气象。她通音律，工诗赋，书法俊逸，容颜俏丽，而且不是那种伤春悲秋的小家碧玉。她有气魄，不为气吞山河，只为饮尽红尘寂寞。

薛涛少女时代就父亲亡故，家境贫窭，16岁入乐籍，脱籍后终身未嫁。

不是不想嫁，而是想嫁的那个人远去再也没回来，偶有他风光可人的消息，也只是消息。他终于没有再来，承诺被远远地扯开，力道不稳，终于绷断。

身在乐籍，难为自己。

她在剑南节度使韦皋的府上充分发挥了聪明才智和自身的优越条件。与那些调情解闷助兴的女子不一样，她还有自己的政见。闲谈之间，酬唱往来，政治上的沉重就被她频频点中，而且对节度使大人的雄心壮志深有帮助。她是韦皋的红颜知己，那个时候，是她陪着他灯下寒霜，顺利地拉开了发展蜀地文化的开端。

才子佳人自古不可分，更是良辰美景下最动人的点缀。附庸的那份风雅，也能徐徐地铺满山川驿路，一直吹到边疆，吹到千年后的月下。

薛涛是长安人，天子脚下，她的美是大气开朗的，和江南女子的婉约比不了，但和川蜀的辣倒有几分不谋而合。初次见面，韦皋便嫌她不够媚。他见她是有目的的，想用她的才貌来吸引风流雅客，让这里的文化大开三分天下的先河。

薛涛即席赋诗一首，"惆怅庙前多少柳，春来空斗画眉长"，然后有几分挑衅地看着韦皋。她知道她会赢，韦皋喜欢的就是她这种不会轻易迷失和沉溺的阳刚。

　　后来我曾见有人评这诗，说它有一种带着刀兵气的性感。而我想来也是如此，如那小李飞刀的刀，你看不到它是怎样来怎么去，甚至对面的人根本就没有动，连表情也还是刚才的样子，可是那种致命的冰凉，已瞬间深入骨髓。

　　男的有权势和抱负，女的有才情和能力，这样的联合自古至今都是最完美的搭配，携起手来做事情，没有不成功的道理。五年间，这里的文化氛围有了天翻地覆的变化。薛涛更是名气盖不住，与当时的著名诗人白居易、刘禹锡、杜牧等人都有交往。

　　韦皋感念薛涛的功劳，向皇上申请批准她为校书郎。皇上不许，他要维持绝对森严的等级制度，但由此可以看出，五年来，韦皋对薛涛是欣赏、爱慕，还有尊敬。

　　她是扫眉才子，过着赏玩春风的日子，于是韦皋心里那份属于男人的霸道就怎么也不忍心用在薛涛身上。如果他们两个人结为秦晋之好，哪怕是侧室，他这份尊重也会存留一辈子吧。

　　也许总有一天，他们就像水到渠成一样，待情感的池子涨满了水，就总得找一个地方来盛下。很希望他们能在一起，他们有着天然的、深厚的默契。

　　历史就是这样残酷，根本就不给人想象的机会，结局已经昭

示在了那里，不容再续。

　　韦皋去他乡赴任，薛涛脱离乐籍，住在浣花溪。她用木芙蓉皮做原料，加入芙蓉花汁，制成精美的小彩笺，人称"薛涛笺"，心思缠绵了，便写下诗句寄情。

　　一晃到了40岁，时光无痕，几年来闲适的清静生活，让她静美之余，韵味更加浓郁。

　　这个时候，她遇见了元稹。

　　薛涛身份低微，出入往来却都是华府豪堂，结交的也是高官名士。也许是笑谈了风月，戏谑了人生，她的感情一向守得紧，好像就没有这个盼望。不动心，不动情，是因为熙熙攘攘往来的，皆不是那个他。

她和元稹一见钟情，开始了轰轰烈烈的交往。

元稹写："不结同心人，空结同心草。"

薛涛写："朝暮共飞还，同心莲叶间。"

那缱绻的情感在红色的小笺上盛开得艳丽如花，以为描临下来的花就不会凋谢，可仍然是一度春风一度秋，不过数月他就要离开了。爱情还在上升的温热期，薛涛毕竟是风尘里一路走过来的，纵然依依惜别，难舍难离，此后郁郁难欢，感情丰满了却要独自沉淀在回忆里，然后一声声一句句都是自己背负，可还是没有失了风度，只是彩花小笺上有了泪痕，写满相思句。

"闺阁不知戎马事，月高还上望夫楼。"

男儿志在四方，女子幽锁空房。也许那个被等的人是红线牵着的丈夫，也许是名义上的夫，或者只是自己心里认定的良人。

分明守的是爱，这团爱暖着心，就那么不老不忘不放弃。这爱情真是美好，美好得充满忧伤，仍然让人向往。

元稹重回仕途，又娶了贵族的妻，一面在家夫唱妇随琴瑟和鸣，一面在外搭台演才子佳人的戏。

送元稹走的时候，薛涛叮咛不要把我忘记。元稹说："怕我忘了你，就给我写诗吧。"

其实他们之间没有什么承诺，连虚空的安慰都没有，元稹的每一段路都走得很潇洒，离开了，就再也不回来。

可薛涛还是在浣花溪等了一辈子，即使世上没有了元稹，她仍然固执地等着。

她喜欢生活里充满颜色,她的窗子简洁而有点缀,大红大绿用起来却毫无俗气。外面花草浓郁,抬起头是富贵如凡尘,寻常日子,每一个细微的地方她都已经很熟悉。

说不清还有什么景能让她忘情地伫立,数不清的孤寂里,她只是出神地遁入空茫,视线不知聚合在哪里。沉静到最后,她才是这景色里的精髓,因为她,一切才有了诗情画意。

低下头神思就会回到那个深爱的时节,不管那个人还在不在,对她有没有爱,她都对自己内心的情感做着最忠实的诠释:

二月杨花轻复微,春风摇荡惹人衣。
他家本是无情物,一向南飞又北飞。

这首咏柳絮的诗,也许同样含着谶语。

对着顾洛的画,就对着他沉静的画意。女子青丝高盘,配以蓝色花钿,把忧伤藏得没有痕迹,案头的翠绿香炉与芙蓉呼应。凝神似忘情,旁边已是厚厚的一叠书稿,拈几滴薄墨,尽言余生,是多少文人朴素的心愿。

红尘烦躁里,看到这样的画面,总能瞬间静穆,一切纷扰都烟消云散,抛不开的也偶有停滞。顿觉人生的好光景原是不分时辰,只是太善于躲藏,经常让人叹息着错过,又拼命地寻找,好似总在身后，兜兜转转，差了那一步，停在了幸福不远处。

我们需要的，往往只是一个静，还有一个，适合自己的境。

顾洛笔下的女子，古雅淡定，不锁眉头，心思坚定。旁边的绿也生得古拙，设色极不平淡，乱石花蕾与青竹，随意洒脱地堆在那里，浓淡转换绝不含糊。草蔓连连，是随笔播种，远树苍润在雾霭中。这一勾一描，浅里景致，深里自己，读画意的那一刻，文人清雅就都有了。

顾洛未求仕途，要么就是对书画极其地爱，要么就是对仕途极其地不爱。他一生绘画未曾重稿，也没有收授弟子，他有一小印，上刻"丹青不知老将至，富贵于我如浮云"。

所有的问题就都有了解释。

收起他的画，我也坐于窗前，看着外面秋色浓郁的树开始转为红或者黄。

千古一心，幸好有这样一扇窗，幸好还有这写字的日子。

眉间心头·朱砂

【莳兰在幽渚】

眉间心头·朱砂

女心婉约，哀花怜花，三生石畔有一个绛珠仙子。

时光如雪，人世悠悠，却是痴心女子无数。

偶然一天，在朋友处闲坐。我总是不善言辞，越是热闹的话题越是插不进话，习惯了在一边静静地听或者随手翻开旁边的书。那次翻开的是一本旧年拍卖图册，就看见了顾洛的《莳花图》，于是久违的思绪落于纸上。我见过这幅画，那时它的名字叫《芭蕉仕女》，当时还很疑惑，虽然石边是有芭蕉隔过花枝来与人相亲，可这繁春深处，怎么也不该是它占了主题。

此次见这个名字，顿时心里亮起来，原该如此。

她穿过月亮门，绕过镜花溪，晨露沾衣荷锄归来，不是为那丛芭蕉。是昨夜疏雨潇潇，日间暖风熏面，她来替这花，理一个

你可记得我倾国倾城

芭蕉仕女　清·顾洛

归宿。

亭亭袅袅，见丰姿，款款风前微步。不藉人间红粉市，浅浅妆成仙度。秋水浮烟，春山淡碧，总是生情处。樊唇乍启，一声花外莺语。

兰桨棹入钱塘，平湖如镜，照出吴宫女。愿乞杨枝天竺国，每每逢君蔬素。更羡芳心，才堪咏雪，眼底何人伍。无端归去，教人肠断南浦。

完整的一首《念奴娇》被顾洛题在了画卷空白处，让人念来不能移开，甚至丝毫不再去向深里思忖，不想这个女子幽于哪家庭院。她就是锦里丝线画中人，收拾落花不含悲苦，好像一场花雨来自天国，热闹地在枝头眺望红尘，而今纷纷扬扬，落土化为尘。

要说这一生，轮回漫长，刹那永恒，谁也说不清。

而静夜里邀月问心，这岁月是问不得的，一问就是惊心的凉。

"天女来相试，将花欲染衣。"

这栖于花阵中的女子，我却是岁岁见。

书桌上放着一个青花的镂空雕瓷熏炉瓶，把檀香放在里面，淡淡的轻烟冉冉地透过花枝缠绕的窗缭绕出来，围绕在瓶身的周围，迟迟不愿意散。轻柔缓慢，充满眷恋，看得心里生出温暖的惆怅，太多的美好，总是这么可望可观，却留不得，握不住。

其实也不全然是伤感，那份美意是要握在心里细细体味的。徘徊过后，澄澈里只留下能穿透岁月蛮荒的香，悠思雅致，分不清是隔世的遗落循着回忆找来，还是手心沾了百花的泪，都在这疏园清风下，揉成了心香一瓣。上面端坐着慈悲观音，净水瓶，杨柳枝，为善，亦为缘。

我有自己化不开的执念，只喜欢檀香点墨，驱散这红尘万丈。安之若素，不为神思出尘，只是一种熟悉，有时候茫茫繁华里相遇，怕的，却最是这种熟悉。于心动处点燃一段记忆，推开那扇窗，引来前世久藏的香。

她是明末才女叶小鸾，吴江人，其父叶绍袁，其母沈宜修，有集名《返生香》。

提起她的名字，总是有些心酸，很多人都不知道这个名字。提起明末女子，只知秦淮八艳，却从来不知道深闺尽处有小鸾。

大概你知道有本书叫《幽梦影》，里面有论美人的句子："所谓美人者，以花为貌，以鸟为声，以月为神，以柳为态，以玉为骨，以冰雪为肤，以秋水为姿，以诗词为心。"我总觉得清人张潮在《幽梦影》中描述的就是小鸾。除了小鸾，这样的女子恐怕只得天上寻了。

如果你也没听过张潮和他的书，那你一定知道林黛玉。那林妹妹就有小鸾的影子。林妹妹住潇湘馆，叶小鸾住疏香阁；林妹妹有"冷月葬花魂"，叶小鸾有"戏捐粉盒葬花魂"。不仅如此，她们还都是长于舅舅家；她们都才华出众，气质清雅，喜静独幽；还有，她们都是在十七岁的芳华妙龄离世。

但小鸾不是来还泪的，心里也没有那么多的幽怨。她好像天上顽皮的小仙女，某天在云霞里看到了凡间，于是就找机会来过晨暮细数的日子。不为历练，无债背负，她就是好奇，想看一看不同的风光，感受人生喜乐诗心无限。

她赴的，是这红尘。

小鸾天资聪颖，生于书香名门，家里人个个风雅，能诗会画，曲律也是不在话下。而这样的家安在江南，不求神仙来保佑，倒该有神仙来居住了。明朝的人或有侠气或有空灵气，飞驰过漫天黄沙，仍然有内心的坚定。

她琴棋书画样样精通，且有作品传世，可她朦胧得仍然只是一个影子。我忍不住拨开窗帘看外面清泠泠的月色，那个窗外对着梅花，越冷越俏越玲珑的景色如今还可以在午梦堂里寻见，但你若存了见小鸾的心思，大概什么都遇不到。

解得梅花阵，穿过香袭廊，隐约有一个女子，冰雪光洁，有着对人世深深的恋。

她性格高旷，远离繁华。说厌有些过了，她只是不适。和熟悉的人在一起，她永远是个长不大的孩子，也会举着金樽到浓醉，

也会言笑个不停如春意上枝头。

可旁人眼里的她，更像她笔墨诗词里流露出来的高洁脱俗。

黄昏里，暮色逐渐苍茫，她在竹边看天的尽头那抹淡远飘逸的烟霞，绚烂里有微妙的千变万化。在天色暗下来的那一刻，一切都消失不见了，所有的美丽悉数化为虚空。沉沉暮霭伴着她一日一日的更鼓，她就是喜欢这份淡，这份远，这份不可捉摸的流转。

所有稍纵即逝的美都是来自人间的；所有永恒，也是要靠俗心凡眼见证的。

她父母在堂，上面有兄有姐，是家人捧在手心里的明珠。三九寒冬，梅绽初香。她清晨起来还未梳洗，看见外面已有薄薄的雪，立刻系上红丝斗篷跑出去，剪了一大把红梅回来，插在斗瓶里，再兴冲冲地踏着雪给母亲送去。笑笑生妍，步步生芳，母亲接过花，只略略地看了一眼，拉过她的手放在掌中暖着，爱怜地看着她，不禁叹道："我见犹怜，不知画眉人当做何感？"

我也无端地惆怅，小鸾这短短的一生，只缺一份情深意阔的爱。想那七仙女下凡来，偏就爱了笨嘴拙腮的董永。小鸾也在石边停歇，听得整段《西厢记》，添到曲谱里的句子，在琴弦里回荡悠悠深情，岁月长矣。

她若知道自己前面的路短到无法把握，来不及应对，那会不会，拼其所有，噬心蚀骨地爱一回？

良辰美景奈何天，她早已中了爱情的蛊还尚且不知。在她的心里什么都那么美好，包括夕阳西下、梅上雪融、花落纷纷，她都是一片冰心在玉壶，倒影在里面，是更上一层的美不可收。

她游西湖："堤边飞絮起，一望暮山青。画楫笙歌去，悠然水色冷。"

她月下赏梅："疏香独对枝梢月，深院朦胧瘦影斜。"

她处在恬静里，独生暗香。最美的应该属于爱情，圣洁高贵。可这爱情，却是连着这悠悠俗世。

父母为她择了昆山的张家少主为夫。这张才子也是自幼饱读诗书，且名声朗朗，前途可期，比小鸾长一岁，早慕芳名，手里紧紧握着那根红线，终身认定。

十七岁这年，张家送来吉日：十月十六，秋晴浓妆，红粉佳仪，成人间大美。

时间进入了倒数，小鸾就要离开这个地方，出得这个门，再回来那就是客了。她很小的时候就能背诵《花间》词集，那里面的脂粉娇情一定给了她对爱情琉璃般的想象；古籍里那些轻缓的忧伤她欣赏得彻底；戏文里百转跌宕的故事落泪到最后，还是觉得不可攀。

我不去设想她心里到底存了一份对爱情怎样的渴望，她的兰心蕙质总是让我心疼。她不是一个平凡的女子，却平凡地生活在这个世间，仿佛无忧无愁的新枝，用生命来谱写传奇。

正是小菊初绽的微秋时节，叶家喜气盈门，九月十五夫家送来了催妆礼，打开沉重的樟木箱，里面却有一支断了的玉搔头。

玉搔头就是玉簪子，相传汉武帝在李夫人房中曾拔下她头上的簪子搔痒，这簪子也因故得名。

单支为簪，双支为钗，钗有"拆"的不吉语意。可这簪子断了，应该就是个意外。小鸾和她身边的家人都是博学多才，怎么解也能解得开，怎么化也能化得掉，就是把这当成吉兆去找一个说辞也应该不难。

小鸾的预兆似乎就通了天，她忽然得了重病，躺在床上奄奄一息，全家人轮流守护，寻医问药，虽能留得性命，但仍不见起效。

夫家听说后派人送来药物，天天里问候打听，只希望有一丝拨开云雾的消息，给两个人一段幸福的开端。可是怎样烧香祈祷，怎样心证日月，也没有找到那剂良方。

那公子名叫立平，知道小鸾病重后，就茶饭不思、心绪难宁，他不相信自己一片诚挚的爱等不来一个盛装的妻。一天天的煎熬让他的情感也病入膏肓。他怕他们两个人都坚持不下去，于是提出要把婚期提前到十月十日。

叶绍袁答应了，百般无计之外也许可以用喜冲一冲，让那个画眉人握住她的晨昏。这只是个考验也不一定，一个坎而已，药医不得命，那命运总该还有一个转机处。

小鸾啊小鸾，她是我心里最怜最爱的女子，轻易不读沈宜修的《季女琼章传》，每次读每次心痛到落泪。她该落到昆曲里，有方外之人送来仙丹，一切都能化解，踏过千难万险，她的人生才刚刚开始。

小鸾自生病躺在床上就再也没有起来过，得知婚期提前的消息后，她茫然地看着窗外，叹道："如此甚速，如何来得及？"

这句话我百思不得其解，也许是看到这里心早已疼得没有了知觉，天机不可泄露，也不知她到底知悉了多少。

十月初十这天，她的病情突然加重，婚礼无法举行。第二天，病情如日下长河，小鸾依在母亲的怀里，眼里闪着晶莹的泪光，口中念着佛经，与尘世做了永远的告别。

走后的小鸾，容貌依然，肌肤柔软，面色红润。七日入棺，身轻如常。舍不得女儿的沈宜修,含泪忍痛在她的手臂上写下自己的名字——琼章,盼来生再续母女缘。

大家都相信小鸾是仙子,离世只是要回到她原本的居所去。

比梅花,觉梅花太瘦;比海棠,觉海棠少清。

小鸾临终前的那几夜,太湖石边的几株芭蕉无风自响,嘤嘤似哭;疏香阁前的古梅,在她逝后三年不开花。

我也这样相信,她是仙子下凡尘。她在另一个世界,娴静安适地生活着,偶尔想起人间,会有淡淡的忧伤。

只是那张立平,是真想把小鸾护在身边,给她安定,给她幸福,给她一生,再给她生生世世的约定。可最后,他们连一面都没有见。

他还在等,一生一世地等。在某一个契合的命运里,他们掌纹的线一定会连在一起。

莳花,又称时花,泛指花期不久,花朵繁盛的鲜花。

郑愁予有一本诗集名《莳花刹那》,其中有一诗《错误》:

我打江南走过
那等在季节里的容颜如莲花的开落
东风不来,三月的柳絮不飞
你的心如小小寂寞的城
恰若青石的街道向晚
跫音不响,三月的春帷不揭

你的心是小小的窗扉紧掩
我达达的马蹄是美丽的错误
我不是归人，是个过客……

初见这诗句，还在很小的年纪。心里却觉得有难言的好，已经有惆怅的叹息。

有些性情在骨子里，怎么都改不掉，那是注定的一个记号，今生以这样的姿势行走、流浪或者寻找。

小鸾终究只是红尘的过客，留下了太多感伤。那个和她无缘得聚、心牵神系的公子，那些为她流了太多泪的亲人，他们不信小鸾就这么走了，永远地离开再无踪迹。

叶家请来法师，苦寻小鸾灵魂去处。果然，通过法术得知，小鸾为月府侍书女，名寒簧，现居缑山仙府。父母思女，几番请求来相见，

也引来了小鸾和法师的缘分，留下了著名的审诫。

如果此番，因为这样的一个女子不在人间，你的心里也有了疼痛。那么，来听一听这堂审，淡漠几分后来人的痴念。

问："曾犯杀否？"

答："曾犯。曾呼小玉除花虱，也遣轻纨坏蜨衣。"

问："曾犯盗否？"

答："曾犯。不知新绿谁家树，怪底清箫何处声。"

问："曾犯淫否？"

答："曾犯。晚镜偷窥眉曲曲，春裙亲绣鸟双双。"

问："曾犯妄言否？"

答："曾犯。自谓前生欢喜地，诡云今坐辩才天。"

问："曾犯绮语否？"

答："曾犯。团香制就夫人字，镂雪装成幼妇词。"

问："曾犯两舌否？"

答："曾犯。对月意添愁喜句，拈花评出短长谣。"

问："曾犯恶口否？"

答："曾犯。生怕帘开讥燕子，为怜花谢骂东风。"

问："曾犯贪否？"

答："曾犯。经营缃帙成千轴，辛苦莺花满一庭。"

问："曾犯嗔否？"

答："曾犯。怪他道蕴敲枯砚，薄彼崔徽扑玉钗。"

问:"曾犯痴否?"

答:"曾犯。勉弃珠环收汉玉,戏捐粉盒葬花魂。"

师曰:"善哉!子所犯者,独绮语一戒耳。"遂与之戒,名曰"智断"。

善哉,割爱第一。

红尘里,宁愿是那个糊涂物,千难万险,就是不断。

小鸾向心理佛,归引极乐,也许永远不再入这轮回;然而她的故事还没有结束,也许还有根线,纺织间戛然而断,牵出由头来,那绝世小鸾,再次下凡。

小鸾留下了一方砚台,是舅父沈自炳所送。此砚长三寸、宽二寸,厚半寸有奇,面有犀纹,形状腰圆,砚池宛若一弯柳眉,故称"眉子砚"。

小鸾诗书画俱佳,审美情趣非同一般。得此砚,欢喜异常,写了两首七绝镌于砚背:

天宝繁华事已陈,成都画手样能新。
如今只学初三月,怕有诗人说小颦。

素袖轻笼金鸭烟,明窗小几展吴笺。
开奁一砚樱桃雨,润到清琴第几弦。

这离了主人的砚,一直被收在疏香阁。几年后,明朝灭亡,叶家外出流亡,眉子砚从此失去踪迹,下落不明。

百年之后,眉子砚在西子湖畔露面,后又传到广东陶公子手中,他视之如宝,到处炫耀。果然是难得,好比解语佳人在侧,可喧哗之后又归于寂静,眉子砚悄悄地没了声息。

又过了百年,读书人王寿迈在袁浦的旧货摊上看到一方老砚。回去后一番清理,赫然就是《午梦堂全集》中的眉子砚,他立刻将自己的书房改名为砚缘斋。六年后天子下诏调他去小鸾的故乡为官,为了妥善保管这方砚,他专门放进了朋友家的藏砚楼。岂料不到一个月的时间,藏砚楼突燃大火,烧了个干干净净。眉子砚又一次神秘失踪。

街坊间流传,这是徐家人的苦肉计,只不过是想占为己有。越是懂砚爱砚的人,才越会忍不住下手。

一转眼,又一个百年过去,隐隐现现的眉子砚不知会以怎样的方式现身江湖。它一定会再次出现,也许还有小鸾,还有重情重意的公子牵着她的红线。

牡丹亭上三生路〔但使相思莫相负〕

身,已至此;心,犹未死。

只一梦缠绵,刻骨相思。纵已阴阳两隔,也还要踏破三生,看这梦里的人,是不是也在红尘等她。

写《牡丹亭》,单这一个开头,就让我觉得诸般难,怕一不小心就落了俗。而我原本就是脱不得俗的,只听那唱词远远传来,就已心醉神痴了。

杜丽娘生于名门,在闺阁里长到十六岁,竟然还不曾去过自家的后花园。她温顺矜持,"长向花阴课女工"。好在陪伴她的还有俏丫头春香,陪着她秋千画图、鸳鸯绣谱,否则这生活真是一口枯井。

她的太守父亲想给她找一个读书人,为了让他们以后能谈吐相称，所以特地为她选了一个私塾先生。

老先生名叫陈最良，真难为了父母苦心肠，只盼望女儿学孔孟，习周礼，待日后到了夫家能从容些。

老先生极认真，从《诗经》开始。

不知道他是怎样往深里讲"关关雎鸠，在河之洲，窈窕淑女，君子好逑"的，这堂课被春香搅得热闹欢腾。丽娘端坐一边，看春香捉弄先生，也忍不住微微笑，心里却是春情难遣，心怀幽怨。

那段隐隐暗生，怎么驱也驱不散的情绪，萦绕在目及笔触上面。她用画眉细笔螺子黛，薛涛笺里镶红豆，鸳鸯砚上打泪眼。

小姐写：思无邪。

春香在一旁看得真切。每个情思婉转的小姐，身边都有一个玲珑的丫鬟，如莺莺身边的红娘，黛玉身边的紫娟，都有古道心肠侠义豪情。她看丽娘不动声色，却最了解她，陪她理绣床，陪她夜烧香。

闺房里深深一拜，不求荣华富贵，只盼那个知冷知热知疼的人早点来。

夜烧香的不止是杜家小姐，还有那崔氏莺莺。

莺莺念："一炷香，愿亡父灵柩早日归葬；二炷香，愿老母福寿康宁；这三炷香——"

红娘接道："愿洞房花烛，得配如意郎君。"

眉间心头·朱砂

挑灯闲看牡丹亭 清·王素

小姐羞于说出口的，丫鬟说。丫鬟说出来会遭小姐的啐，因为她点破了那个心思。女子的幽怀原本就美好如含苞待放的花，自己细细地收拢着，原本也是为护那份娇嫩。

嘴里说着小蹄子不安分，心里却有一点喜，这身边总还有一个可以分享心事的人，总不会有孤单到寒夜里独立中宵的冷。然而丫鬟再伶俐也是感情里的外人，笑着闹着说过了，更多的还是惆怅。

原本春怨是藏在最深处落了锁的，不知怎么突然间千丝万缕都是波动，一不小心就探出了头来。

天上月含清辉，柳扫屋檐，深闺里一豆烛光。观音座下，莲花瓷盘，素果雅供，手拈香火，像是在照自己前方的路。她面容虔诚，心内祷告，缕缕的香烟袅袅升腾，再消散无踪。她跪在蒲团上，心无旁骛，虔诚地一拜再拜。在夜深人静时，尘世都已沉睡，她在这里，满心憧憬，把爱情接引。

这深静的画面太多情。一个女子的娇羞盼望和热切，都在俯首的一刹那，热络地种下。

莺莺夜烧香，还被刻在汗巾上，迎风招展，被潘金莲拿了去，一路粉尘香艳。

春日困顿，这书也不是这么个读法，春香说："小姐，咱们不如去后花园走走吧。"

丽娘猛然心惊，那院子离我一墙之隔，却从来没有踏入过，整日里看瓶里日月画中流年，什么都是个假，放着偌大的园子，竟不曾见春风几度。

她翻了翻历书，明日不好，后日欠佳，大后日才是吉期。

小姐逛自家花园也像出阁一样隆重，可也真是贵气，顿觉得一切都变得顺理成章，敞亮得花开满堂。

这所谓的"吉"也来得简单。欲唤花郎，扫除花径，浩荡得连伏笔都不用。

"剪不断，理还乱，闷无端。"

这日还真是好天气。春情如线，织就锦书，小姐在镜台前妆扮，菱花镜里整花钿，云鬓梳罢，罗衣添香。要说迈出这一步，还真是难，心里总有些忐忑难安，她这个锦屏人做得久了，不知道到了那园子会有哪只雀鸣欢？

"不到园林，怎知春色如许？"

还是春香知晓她心里的踌躇和迟疑，俏皮地来分散她的注意力："小姐今天真美，翠生生出落的裙衫儿茜，艳晶晶花簪八宝填。"

自家的园子，又不是去抛头露面赶灯会，在杜丽娘的心里，仍然不是那么容易。

但，你可知，我一生爱好是天然。

也真想为这园子道声委屈。十几年来，景色万端，已经有了各自存在和生长的性格，却是多少年落了龙凤锁，小姐一日未来

过。秋千架上蝴蝶望沧海，美人靠边荼蘼自开落，只少了那个端庄温和，多愁善感的红颜。

园子空着，少了两两相看无足厌，倒引了花神来修炼。缤纷紫陌红尘看得多了，手里的红线有时候也要弹上一弹。

踏出香闺，走在阳光里，开始靠近一个梦境。也许还可以这样说：以前都是生活在梦里，从这一刻她开始苏醒，点燃人生的热情。

"原来姹紫嫣红开遍，似这般都付与断井颓垣。良辰美景奈何天，赏心乐事谁家院。"

开口起悲音，倒把这尘世看得深透，是心里的一腔幽怨在这韶光中流露。

牡丹虽好，它春归怎占得先？最先在春天里绽放的，永远都是石缝墙角里不知名的野花，泼辣辣无拘束，开得难管难收，却数尽风情。万物虽好，却也都是时圆时满时消散，她本是来排遣烦闷，无奈让这花草搅得心里纷纷扰扰。

观之不足，少尽缱绻，赏遍十二亭台亦枉然。

意兴阑珊时，峰回路转又一梢，那个男子把名字都已经改成了柳梦梅，又怎么可能错过相逢呢？

无法选择的相遇，就是缘。

"瓶插映山紫，炉添沉水香。"丽娘倦了厌了，心里的委屈添了一层。想到才子佳人相会有期，她却连那春色也看不出喜来，偏偏心意寥落，回了房间仍然从那春满园里出不来。

汤显祖说："因情成梦，因梦成戏。"

这戏不是舞台上悠长的水袖甩过，也不是人生编撰的传奇。看在眼里是戏，看进心里，就遇到了一个低到尘埃里的自己。

太守之女杜丽娘，梦见的是俊俏书生少年郎。

柳生拿着柳枝，热语欢言地呼唤小姐，请她赏柳吟诗。丽娘好生奇怪，怎么会有陌生的男子？朦胧间有什么被牵起，又好像什么都想不起来，素昧平生的，何故到此？

"则为你如花美眷，似水流年，是答儿闲寻遍。"

轮回之苦，世间万千，我为你一人而来。

相看俨然，相对无言，再也没有了陌生。两个人寻寻觅觅终于走到了一起。原来从前的幽闺自怜，全都是出场前的铺陈，没有他，序言写得再完美也开不了篇。

太逼真的梦，果然摄人心神。丽娘一觉醒来，忧伤成疾，病染相思，怎么也放不开的一晌温存，让她病入膏肓。

汤显祖写到丽娘寻梦，定是也起了怜香惜玉之心。他告慰着内心深处的真性情，梦中之情，何必非真？天下岂少梦中之人耶！

想起明朝的皇上来，几乎都是个性鲜明、传奇不绝，好比江湖人要有霸主地位，还要有逍遥个性，还要把江山按自己的风格摆一摆。

明朝提倡理学，要存天理，灭人欲。就是这样的社会现状，汤显祖仍然做着他的梦，而且一做就是恢弘四梦。他让杜丽娘做梦，让这个一出生就压上贞节牌坊的女子在梦里被爱系着委身他人。

明朝这事儿还真有意思，皇家钦定的理学渐渐衰微，越来越大胆露骨的艺术形式却遍地开花。

不是垒起四面墙，闺房阁楼间连梯子都撤下来，再准备好拈花翠钿，绣窗针线，实在闷了还有书籍琴弦，这人生的步子就能按设定好的线直着向前。万里河图好描，心尖一点难猜，刻骨相思入梦来，哪个能挡？

丽娘去园子里寻梦，一点点回忆梦里的情节。来时荏苒，去也迁延，她记得清楚，却不能让罗浮一梦再重现。

"这般花花草草由人恋，生生死死随人愿，便酸酸楚楚无人怨。"

只能怨自己给自己做了个茧，她为自己画了一幅小像，把香魂寄在里面，嘱咐春香要把它埋在后园湖石下。

这一生的路，就到了尽头。

再这样写下去，也几乎唱成了自己的戏，只要结局圆满，中间的艰难都可不提。丽娘人已去，魂未散，荒了园子，荒不了真情真意真性命。

柳生梦梅病倒在赴京路上，恰遇老先生陈最良，并被带回梅花观暂居休养。

偶一日，闲来消遣，柳梦梅行到附近一家废弃的大园子，在石边捡到一个檀香匣，里面放置着一卷画，绘着庄严女相。

事出有因，皆发偶然。

人世间也会有这样的机遇，在某个时刻，某个场景，对着某个人，却好像有曾经经历过的熟悉，熟悉到一笔一画都不差。茫然间也不知道为何，只能怪时空偶然出了错。

怪还得怪记忆，是曾经忘记，还是记得太牢固。看山是你，看水是你，看风情日下的点滴，都写满了相思句。

受的苦多了，就不再觉得苦，梦得太深了，也就不再有梦的樊篱。

他日日观赏，与画对谈，不在梅边在柳边，分明是他的人。

那女子，也果真为他下了凡。

此时的丽娘，是冥府里回来的女鬼，已知道柳梦梅就是她的姻缘苦主，私情密会也由此放开。

曾经读《聊斋志异》，就觉得书生遇鬼狐，情节几近相似。或者枯灯夜读书，或者荒园暂栖身，整个朗风明月下就只剩了这么一个伶仃人，正对着狐仙艳鬼的柔肠。

女孩有母亲教诲，切不可丽妆去清深的老园子，以防撞着花神木精灵。男子怎就没个人嘱咐，万不可在异乡夜下孤身独处？

也多亏了没有，否则该少多少唯美，那切切等待的一颗心靠谁来收留。

丽娘只能夜间到来。这样的日子她也明白无法长久，她毕竟只是怀了一腔真性情的魂魄。柳生也是真爱，他拈香对天拜，生同室，死同穴，心口不一，寿随香灭。

丽娘倾泪如波，三生石上又一梦，梦得风雅神会。她对着画，把前世今生道分明。今生也还不是生，她只是清魂一缕未沾尘。

柳梦梅也入了梦。

丽娘在梅花树下有花魂护体，等待柳生来救。

想那白素贞却没有这个福，对许仙千好万好，抵不过法海和尚一句"妖孽"的称呼。水漫金山白娘子用的全是自己的泪，也难怪小青从来都看许仙不顺眼，她替姐姐委屈。

好个柳梦梅，不恐惧不逃离不嫌弃。找道姑细问究竟，择日开棺，让深夜里幽缈的人，做他日头下堂堂正正的妻。

牡丹亭里，还魂相对，如梦似幻。

情根一点是无生债，两人在这观中拜堂成亲做了夫妻，而后迅速赶往临安应试。

两人在一起了，再有曲折也都是小波澜。阴阳两隔都挡不住，还有什么能分得开？

柳梦梅高中状元，特地去扬州寻访杜太守，告诉他小姐还生。岂知陈老先生发现小姐尸骨被盗之后早已先行告了官，他这一去就先被拿进了监牢。后来问清缘由，老太守不信，咬定是花妖狐媚托体，拉扯着上了朝堂。

天子断这案子倒是有逻辑有条理，探了影子，试了踪迹，先定下这是人不是鬼。然后丽娘左边父亲和老师，右边三生不断的丈夫柳梦梅，外面朗朗风日，上面天子垂堂，她跪在阶下细细把前生后世妥妥当当地讲来。

最后，喜团圆的鹊儿踏上了枝梢。

汤显祖写《牡丹亭》，取材于话本《杜丽娘慕色还魂》。此剧一出，《西厢》减价。

话本的故事，单是题目就狭隘地让人不想看。那个杜丽娘倒像修了精的花木，喜欢上了俊俏少年郎。汤版的杜丽娘是为情而生为情而亡，只是梦里相见就魂断相思，柳梦梅单只对着她的画像也已爱得深切。他们在世间，是痴心人对痴心人，惊天地泣鬼神，花神、阎罗、小鬼、道姑、天子都来护。

这梦不是戏里的梦，是人间温情。

万历年间，广陵有个女子名叫冯小青，在读罢《牡丹亭》之后，感于身世，抑郁而亡，临终前作绝命诗：

冷雨幽窗不可听，挑灯闲看牡丹亭。
人间亦有痴于我，岂独伤心是小青。

王素的这幅画，取材于小青诗意。翻开这一篇，却是悲剧结局，待收拾好情绪，另起程吧。

画中的人，一条素带挽起青丝，那柔情便也不相与顾。劳碌的尘世，淡化了那份诗情画意，甚至纤弱女心，唯有在这夜深的时候，清月高挂寒空，树影洒在窗边，竹枝疏淡，芭蕉默然，这夜色恍然换了空间。她凝神读着《牡丹亭》，不时有泪水流下来，再匆匆地拭去，唯恐想起自己，只有这瘦弱灯花陪伴。

王素的《挑灯闲看牡丹亭》是仕女四条幅之一。这画多有冷色，幽深处，随那一枝一叶横绝而出，小格的窗关不住细密哀伤，月下的情思就随着笔墨晕染开来。

娄江女子俞二娘，相貌俊美，精通文墨，待字闺中，闲来喜读《牡丹亭》解闷，并用端正的蝇头小字在旁边做了密密麻麻的解读。年长日久，梦里梦外，深恨自己不能如杜丽娘一般获得美好姻缘，剧本在她的摩挲下渐渐成了自己的故事，锁了一腔化不开的幽怨，年仅十七岁便断肠而亡。

杭州女伶商小玲，以色艺著称，饰演杜丽娘，其风情无人能及。她心有所属，却因故不能得偿所愿，因此郁郁成疾。舞台上的她，根本就是活脱脱的杜丽娘，难分辨，也分不开。一日，演到杜丽娘花园寻梦，忽然芳魂远去。她演活了杜丽娘，却葬了自己。

仿佛《牡丹亭》是带了蛊的，心思一动就生了根，越痴越繁茂。林妹妹在大观园远远地听到一句，就已如痴如醉，再不能忘。一次行酒令时，她无意中脱口而出"良辰美景奈何天"，被宝姐姐抓了把柄，要她跪下来接受审问。可见这等关乎性情的书，深院府宅是恨不得烧之毁之，严令禁之拒之的。女孩家一读，就犯了贞静，移了性情，坏了闺阁规矩。

昆曲版的《牡丹亭》更加柔媚深情，把原剧里的艳化解成了幽香缕缕欲引还无，添了几许清丽雅澹。一双璧人在江南庭院里缓缓走过，四目相对皆是蜜意浓情，连周围的山石树木都痴迷。

怪不得让世人这般羡慕。

多年前去爬一座不知名的山，山上有很多的小庙，有的简陋到就是顺着山壁开出一个浅洞，放上牌位，前面堆满厚厚的香灰。记得那山上什么都有人供，包括蛇精鬼怪，让人觉得岁月的温情就在这里弥漫，民间的夙愿如山风野花般烂漫，又华贵得在心里屹立不动。

山上没有路，都是上香人蜿蜒踩出的荒草小径。一路向上，偶然遇见一块大的石头，迎面光滑洁净，似存在了万年一般。我把它想象成与曹雪芹遇见的形似，嵌不上故事，却嵌得上相思，旁边写着"三生石"。

我在前面立了良久，只是看着，却不敢抚摸，好像真的有什么天机在上面，神圣而苍茫，经历了千重劫难终于化成了一个传奇，上承天地，下接厚土，本身就是一段不可洞悉的秘密。

从它面前走过，人生好像厚重了许多，世事无常，或聚或散，凭的真只是那一方印迹。

再转过去，前面有一个山门。一座山经年累月地被风吹过，直到吹透出一个山门。山的心跟风一起去四海流浪了，这门宛然就是通往云雾缭绕的天庭，那上面又有多少册页封锁着凡间痴心的梦呢?

汤显祖写到杜丽娘之死时,忍不住大哭:
"生者可以死,死者可以生,生而不可与死,死而不可复生者,皆非情之至也。"
这句话,惊心而又甜蜜,总留了无限美好的期待给伤痕累累的痴念。

若我离去,必会再遇。
信一场《牡丹亭》,信人间,至情至性。

【章台柳】

陕西长安县故城西南,有街名"章台街"。

几年前,西安的老同学来电话说,那里要建灞河滨桥公园,再现古时"折柳送别""灞桥风雪"的景致。

十几年的朋友了,我知道他话里的意思。中学毕业时我折了校园里的柳枝,不过没有送人,而是自己拿回了家,与一段岁月做着依依告别。

柳,音为"留",不忍相别。

柳还有一个随遇而安的性子,把这柳枝插在异乡也能成活,表达了一份美好的祝愿。

"昔我往矣,杨柳依依。今我来思,雨雪霏霏。"当时也许我只是为这《诗经》里的句子。

"箫声咽,秦娥梦断秦楼月。秦楼月,年年柳色,灞陵伤别。"后来想起这柳枝,则是为李白。

"可怜杨柳伤心树，可怜桃李断肠花。"直到我看《太平广记》，才忽然发现，那在岸边路上摇曳多姿的柳枝原已茂盛了千年，也沉淀了千年。

柳氏这名一出，更像是一个小户人家的妻，没有名字，没有称呼上的那种艳，自然也少那份贴心的柔。可日子是那样山长水静，丈夫从外面劳作回来，她放下手里缝补的衣裳，递上温热的茶，而后急匆匆地去灶间烧火做饭。隔着一道粗布门帘，她能看到那个男人的影子，火光映着她的脸庞，有些红润，听到丈夫在里面喊柳氏，她理了理裙子才进去。

多少小门小院里都有这样柴米夫妻的寻常日子，没有诗情画意，院里也不种芭蕉牡丹。枣树石榴才是平凡生养，后院一畦蔬菜，一群小鸡热闹地奔跑着。只有在给孩子讲故事的时候，说到牛郎织女苦相思，他们会对望一下，心里明白，身边的相依相伴才是最好的。

民间只讲婚姻，因为它是终身大事。男大娶妻，女大出阁，不需要有什么爱情，平和得只是自然现象，就像春天到了，柳条因为萌芽而变得柔软多情起来，大红喜帕遮上头，连路都不知道是怎样走过去的，拜过堂就从此不一样了，和身边的男人要往一辈子里过。

她们是房前屋后盛开的花，纵然无名，但却有家。

唐天宝年间，长安李生的姬妾柳氏不仅容颜出众，而且爱慕贤才。也许是受了李生的影响，总有一种豁达的大气。

总觉得他们俩很般配，男的富而疏豪，女的绮年玉貌，纵然不是妻，却也是出入常伴左右，有一份还算安稳的停靠。也许就是这个姬妾的身份，让她顿时卑微，五花马千金裘也无法再使她尊贵，她只是点缀，是他身边随时可以被替换的点缀，尚不及这家里的一亭一树，纵然人散了，它们也是不离开的。

偶尔见了街上粗衣木钗的妇人走过，挽的篮子中只是几许蔬果，看有轿子过来便早早躲在一边，没见识没品味，无娇丽无亮色，张口就是丈夫孩子如何，她却觉得有无限的好。平凡生活就该有这样的土生的香，柳氏回望自己的繁华，心里总有几许沉重和不踏实。

大历十才子之一的韩翃与李生是好朋友。韩翃家道贫寒，忧怀诗才而不遇，正在失落伤感之时，柳氏在门外偷偷地看着他，对身边的侍者说："韩夫子岂长贫贱者乎。"

这句话我曾经想了又想，韩翃和李靖不同，李靖身上有一种天生的英勇，与杨素起论天下，那份雄才大略是掩盖不住的，所以被红拂看在眼里，定了心思要随他而去。那是乱世，孕育英雄的好时候，红拂随他不仅仅是图姻缘，她自己也有侠气，更适合长空万里，和他并肩闯荡。

柳氏看到的，不过是个酒席上有些怨有些叹的书生，口才可

眉间心头·朱砂

柳下晓妆图　清·陈崇光

能还不及她，柳氏就是因为俏语温言口灿若莲而被李生看重。往来李生酒宴的，多是英俊豪杰之士。李生自己也是豪爽之人，或许柳氏看他们也个个似李生吧，所以从没有丝毫的动心，却独独为这忧郁落魄的诗人，因为不同而吸引，暗暗许下了芳心。

这萌生的爱意是直达一生的，知道他许不下荣华富贵，那么，便要一个贫寒不散，风雨可依的家。在姻缘线里打个结，也是她可守可望可牵的人。

李白豪歌一曲"千金散尽还复来"，让那个天下诸多的人都有了恢弘的底气。钱财不及什么，大户豪宅里那些小心翼翼的女子，甚至还不及了钱财。

李生对韩翊说："柳夫人容色非常，韩秀才文章特异，欲以柳荐枕于韩君，可乎？"

以女之貌，伴郎之才，再加上成人之美，似乎这是一段怎么说都怎么难得的佳话。

柳氏心有所属，而今有人替她做主，隐秘的爱情即将开花结果。她应该感念主人慈悲，顾眷了她的心思，可到底还是有那么一丝悲怆。女子也不过是一份可以送出可以收下的礼物，她存在于两个男人的友谊之间，若她属意的不是李生敬重的韩翊，还会有这样的成全吗？

若有神灵鬼怪来护佑，那这缘分一定是天定。若这样只是一枚可被操控的棋，即便走对了路，再回首时，也难免一点凄凉随着影子，生出斑驳的潮湿。

好在生活还是要往前看的，纠结于太多的如果就是对自己太刻薄，至少她还有一个为自己挑选未来的机会。一切都是那么顺风顺水顺心意，该知足了。

韩翃对于这个馈赠很惊异，甚至有些惶恐。对面的男子重义不重情，他也得如此才对，更何况，李生赠他衣食居所，让他过得不至于太艰难，对于他身边的女子，只有敬而远之，哪敢生出丝毫的爱慕。

柳氏当时在门外听得李生突然提出要将自己送给韩翃，她的心里也极其不安。原本是自己的心事，从来都不敢透露分毫，如何却被这个男人看了去，且就这样说了出来？是告诫、试探还是惩罚？她无法去猜。

要说李生也真是不曾忽略身边的每个人，有才德的人他珍惜着，女子微妙的情思他也觉察得到。也许做出这个决定对他来讲并不难，整个府第之间不会因为少了一个柳氏而少半分光彩，难得是他这种懂得，而又成全的情怀。

韩翃和他谈笑论诗道，总有一缕温柔穿过他的肩膀停泊在韩翃身上，他捕捉到了那丝渴望。韩翃的退却并没有打消他的念头，他一再地坚持，让韩翃和柳氏都明白，他不是做戏，而是有着十二分的诚意，乐意见得有情人成眷属。

满园春色，他知道该怎样赏，怎样留。

韩翊尚在拘谨,对他来说,这个赠送太突然也太盛大,让他有点接不住。还是柳氏从外面进来恭敬地跪下来拜谢,而后牵着韩翊的衣服,和他一起坐在席间。

从此她是羞答答的新娘,天再黑路再陡,牵着他的衣袖就有了方向。李生好人做到底,还送了他们三十万钱安家。

这样的故事看得真让人欢喜,连柳氏出身的悲苦和无奈都可以融化掉。许尧佐是盛世里的诗客,把人世清平描述得这般顺畅,雀羽伴丝罗,闲花开在牡丹旁,繁花的热闹就是这样层层叠叠不尽的美。

有朋友说,如果回到古代,一定要做男人才过瘾,可以当侠客四海游遍,携着心上人绝尘天下,或者做个豪客,浪迹山川仗剑危难之时。可安得广厦千万间,也可过尽千帆皆不是,总之,就是不能做女子,没有一点自由。

我想反驳,最后还是笑了笑默不作声,放荡不羁的男子就是因为始终没有遇上他命中注定的那个人,所以止不住地流浪,一旦心里住进了她,那此后的岁月风霜、关山路程,统统都是为了她。追星逐月的自由下,总被一双眼神细细地牵住,稍稍一动,就心疼得忘了自己,只要还有意识,唇角吐出的名字,天长地久只有她。

一直相信有这样的人,因为守候而躲到了世风之外,远远地离开了故事。

故事里的韩翊和柳氏，婚后浓情蜜意，过着如胶似漆的生活。喜鹊登枝，喜报临门，第二年，韩翊中了进士，因为不舍得和娇妻分开，所以迟迟流连不去赴任。

　　有时候天地造物也真糊涂，关键时候，男人优柔寡断不思前程时，总是身边的那个女子审时度势，顾全大局。柳氏软语轻言相劝，大丈夫当为国建功立业，小女子自会在家守候。

　　得了提醒，又得了保证，他再也没有理由推托，回家省亲一去就没了消息。

　　柳氏身边的钱财只支撑了不到一年，最后只得变卖首饰以度日。原本安定下来的心，再一次动荡地被挂在了风里。韩翊不在的日子，四季也不那么分明了，她朝思暮想日盼夜念，哪怕一封报平安的书信也好，告诉她路程有多远，那边有多麻烦，肩上扛的担子太重，总也脱不得身回来。

　　不管有多难，她都要等。而且，一定要等到他回来。

　　很快，安史之乱爆发，京城动荡，容貌绝美的柳氏知道自己将面临多大的危险，她剪掉头发涂乱脸庞，寄身于法门寺。

　　青灯古佛，梵音经卷，在这一隅安宁下，她的心更加慌乱，她的韩翊音讯全无。江山都可能易手，她又该怎样举旗去讨伐她和他的缘分呢？

　　每日里晨钟暮鼓，对着天空发呆，又在菩萨座下静心祈祷。暗含的泪，都化成了坚定，现在她生命存在的唯一理由，就是和他团聚，再也不能分开了。

　　佛曰："留人间多少爱，迎浮世千重变。"
　　别问是劫是缘。

　　此时的韩翃，已被侯希逸请为幕僚。长安政局平稳后，韩翃曾派人寻访柳氏，并在一个丝织的布囊上写了一首诗：

　　章台柳，章台柳！昔日青青今在否？
　　纵使长条似旧垂，亦应攀折他人手。

　　这首诗其实没有多少写作上的技巧，但在深夜里读起来，却能感觉到韩翃随军队戎马征战途中，那份伤怀的忧虑。他对柳氏

有着深深的惦记和浓浓的爱,只是苦于动乱时期,人人命运难安,柔弱而貌美的柳氏能保全自己吗?

韩翃的一问重千金,那是压在他心上无形的封印,几乎让他无法呼吸。只有这样看似壮烈的轻言,托着他最后的屹立。

柳氏捧着诗,攒了太久的泪一齐涌了上来。他们分开了几个春秋,都有了想重逢怕重逢的战战兢兢,只怕再见的样子不是想念的场景,只怕的是对面那个人丢了归认的心。

柳氏对韩翃的担忧,如何不懂?

一朝委屈落了草,却是那样顽固的悲悯,恓恓惶惶,她无法怨。

杨柳枝,芳菲节,所恨年年赠离别。

一叶随风忽报秋,纵使君来岂堪折!

她怕的是岁月催人老。她已不是春天的好年华,心疲倦,面色也有了风霜。即便他回来,只怕也已不再怜爱。

女子的心,如娇花嫩蕊一般楚楚可怜,等到岁月深处,盼来良人回转,听他的脚步到了门口,心里的相思忽然就变成了恐慌。衣服不对了,头发也不对,最恼人的是容颜,已经再也回不去了,那个急切赶回来的人会不会失望,会不会,就此收回了爱?

若如此,她宁愿一直一直地等,也不愿看到爱断绝。

他们在诗里这样说，只是给自己留一个悬崖般的退路。多难得的懂得，不难为他，也不难为自己。只怪这岁月伤人世道不稳，只怪我和你，有过这么一次分离。

却也彼此明了坚韧的心，从此是贞静地等着他来寻她。这等待里数着时辰，一时一秒都是喜。

青青章台柳，宛然又遇了春天。

柳氏就像长安城里深埋的酒，流传已久的香，已经飘成了诱惑。番将沙吒利闻得美人名，贪恋春色，他把柳氏劫回府内，宠之专房。

从一个屋檐到另一个屋檐，对于直接为目的而来的人，根本不需要馈赠或者邀约，连遮掩的手段都嫌多余，只要强悍就够了。唯一的安慰是他抢到怀里还会像宝一样珍惜，相比于甜言蜜语海誓山盟，这样得来的心爱之人其实更容易生出恐惧。

他们之间的感情脆弱得没有一点根基来打点通往未来的路面，于是，抢到容易，得到却惟其艰难。沙吒利也许是真的喜欢她，对其余女子从此视若无睹，他知道自己一松手，柳氏就不是他的美好温柔。

太平盛世的等候，源于安宁的桑竹，一岁一暮总能看到希望。等成温暖的炊烟，袅袅地随风而散，他在千里之外也能看到。停在哪里都不是家，一千个牵绊在路上，都抵不过她青丝的缠绕。

他相信她会等，她也相信她能等到。

天下纷争四起，江河不安，开在门外的花不知哪个时辰就随了马蹄而去，留下残香凌乱无形地空让人心惊。连韩翃都没有了随意走动的自由，他想着柳氏又该如何度过这年月里的慌张。一首诗是不敢面对的探问，心里的焦灼早已烧得山谷无青。当他也手捧着柳氏的回信时，难倾的泪水湿了袖子。他怜着柳氏的苦，喜着柳氏的坚贞，也更加恨不得披星戴月一步到她身边。

岁月的风霜总是裹在爱情里，不知不觉间就让人有了沧桑。悲欢离合里的萧索，憔悴了几分风骨，惶惶然只剩了煎熬。最是两情相牵的思念，比情蛊的毒还要烈，一生离不得舍不得，也躲不得。

不想他时，是麻木的行走，把心丢得无影无踪。想他的时候，一个叹息都是九重天外难忍的痛楚。

韩翃随侯希逸回京觐见，却再也找不到柳氏的影子，无数次不敢想象的结局真实地呈现在了面前，还要压抑着心里的凄惨。怨天道不怜亲，想重逢盼团圆，却只剩了无期。

这一天，韩翃从龙首冈前过，一辆车子过他身边时，里面传来一个女子轻轻缓缓的声音："我是柳氏啊。"

柳氏让女仆悄悄告诉了韩翃自己被劫无奈委身他人的经历，并约在第二天相见。可惜这不是爱情的归期，只是一个完整的告别，似乎少了这一幕，就难解心里的怨。

仍然是路上的擦肩而过。柳氏在车里递出一个盛满香膏的玉盒，声音颤抖而悲泣地说："当遂永诀，愿置诚念。"

她是一缕素绢柔软的包裹，心已封成了沁凉的玉玦，只是角落里散不尽的香尘付与了他。今生已别过，此为留念，记得我曾来过。

柳氏向他挥手，衣袖飘飞，车辚滚滚，带走了他全部的希望。韩翃站在路边，目断意迷，从此连挣扎的一点渴念都没有了，车过后尘土漫散。

真不如再来一场动乱，至少还可以盼。

故事在这里结束了一段，梅花三弄起了两声，总是难以尽兴，爱意萌生时仁义温情的相助，是春风里拂开的柳，漾起的是轻柔。几句鼓点急促，继而箫声凄凉地吹起伤痛，你可有和我同样的不忍？

许俊就听不得这等拆散恩爱的事，他让韩翃写下了书信，而后骑马带箭直接闯进了沙吒利的内宅，口里喊着，将军得了急病，接夫人前去。趁旁人慌乱之际，速给柳氏看过纸条，把她带回了韩翃身边。

两人再也想不到的重逢，握着手只是落泪，不敢有安慰，也不敢有许诺。这变化太快，好像一场太久的梦，难以醒来。

就是这无声的诉说，却胜了长篇累牍，他们心里都明白对方压抑的痛苦。唯有在面对面时，才能释放得这么从容，哪怕只是一时片刻，哪怕只是狠狠地哭。

侯希逸将此事上报了皇上，皇上下诏把柳氏还给了韩翃。

他们团聚后，回乡过了数年闲逸的归隐生活，日日相看两相欢。爱情几经沉浮，落成了红尘里柴米灯烛的平淡。她是他捧读的那本书，他是她一生吟唱不止的歌，他们淡出了人们的视线，诗作却流向天下。

"春城无处不飞花，寒食东风御柳斜。"

绝色的人总在安静的屏风内，绝色的句子总在安稳里生出葱郁的绿。路边柔弱多情的柳，经历了重重磨难，栽在寻常屋后，是最有生机的绿色。

古人有训，画人难画手，画树难画柳。陈崇光却画得风流从容，胸间浩荡气随意而出，小写意花鸟画法写景，点叶皴干，勾草染石。

这缠绕于女子心思的柳条娇嫩得弱不禁风，似是在潇湘雨后，还有一段婀娜的妩媚，却又清新得让人生不出任何艳想。树干朴拙有灵气，一个和春归的姿势就远离了俗世。

桃红点点，清寒未褪。空气里含了脂粉的喜悦，柳丝毫不争宠，只是一个可攀缘可寄情，也可浑然隐去的衬托。有色彩的是这个女子，不问岁月，静理晨妆，柳下的一份留，不得说破。

男子生而有责，为国为民担百业大计；女子生而只为一个人，或爱或恨，在注定的旋涡里打转，无悔着随他生生世世的柔肠曲脉。

不管生活在哪段风日下，我都情愿是一个清清素素的女子，为他入轮回，用破一生心，不离弃。

【花辞树】

秋意渐浓，早晚风寒。我在落叶飘零的清晨打开柜子收拾衣服，一个小巧的布袋不经意间掉了出来，里面的珠子散落在地上，发出清脆的声响，好像一支淡笔轻韵的琵琶曲，跳跃着向四处逃散。我有些慌乱地蹲下来，却不知道该先抓住哪一粒，无奈只得看着它们凌乱地滚动奔赴，好像是寻找各自栖息的角落，那么奋不顾身。

片刻后，房间里重新归于安宁，我顺势坐在地板上，抽出底层抽屉里的画册，暂作停歇。好像冥冥之中有种告念，惊动了哪个女子深深杳杳的低叹，清晰得让我的心微微疼起来。打开那暗黄的册页，忘了有多久不见，居然有了岁月的盘结。

改琦的《仕女图册》展现在我眼前，此图共十二开，每开俱有题名，我流连着的《晓寒图》是其中之一。描绘间，不知改琦用去了多少流年。《晓寒图》以简洁的初石为背景，只写片花数蜂，人物造型纤弱秀美、衣纹细柔、设色清雅，具典型"改派"的仕女风格。

晓寒的晓，是知晓的意思吧。早春树下，落花丛中，拨开雾霭，宛然她就在我对面，却听不到我的呼唤。她一心一意想着远去的蝶，谁也走不进她的世界。

这世上，有女似她，红尘间遍寻不着，却在恍惚间若隐若现。若以寻常之心对待，那么只想执了她的手，握一握彼此冰凉的温度。然而她注定了不是普通女子，好像夹竹桃的香气，密密地把自己隔离，让人明知不该上前，仍是没有转身的勇气，如同对着自己一段淡淡的凝望。

她光洁的额头，饱满的真情，欲语又不言，满腔的心事都藏在深处。也许她习惯了自说自语自凄凉，她的人生里已空无一人。最繁盛的时候，也不过只有那么一个他，是她不折不扣的全部。

人生如棋，总以为开局容易，结尾难预期。其实行到深处再回首，一生尘埃落定，却最是难说当初。

那个他是高高在上的君王——南唐国主李煜，出入前朝后宫，文采风流，俊朗深情。她认识他，却是个必然，她的姐姐嫁与他为妻，按民间普通的称呼，他是她嫡亲的姐夫。

那一年她五岁，穿着桃红滚月白纱边的新衣，额边的碎发尚

晓寒图　清·改琦

不能服帖地梳起，恭恭敬敬地给还是皇子的李煜行礼。忘记了当时他说了什么，只记得他眉目温和，笑容清濯，和盛装的姐姐并站在一起尤其好看。姐姐穿鸳鸯并蒂的水纹裙，乳黄的披帛，发上珠钗，腰间翠饰。她觉得，女孩子快点长大，是一件那么急迫的事。

此时，月光笼罩的是汴京。对她来说，这是一个四面高墙，没有漏窗，永远也不会熟悉的地方。反而，一呼一吸里都是疼痛，好像漫天里都有看不见的伤人心神的毒，走着的每一步都感到分明的疼痛。

她点了层层的灯烛，夜凉如霜，也固执地不肯关窗，任风吹进来，衣衫抖索，烛光不定。她就要靠这七分幽邃迷蒙，来把尘世模糊，把酸楚咽下，也把泪水，任性地流一流。

斑驳的铜镜里，她美人依旧，韵致倾城，只是心里的千疮百孔，无人可诉，也无处可收留。

天意从来不说对与否，渴望长大的日子里，姐夫成了帝王，姐姐成了皇后。她依然喜欢往宫里跑，淡扫蛾眉细拢妆，打开姐姐的八宝奁比对着挑首饰。可是后来才发现，无论她如何打扮，也比不上姐姐的雍容华贵，气度里的典雅高洁，盈盈笑起来的婉约沉静。姐姐抱着琵琶，指尖轻轻扫过的时候，那种难言的忧伤怅惘，惊艳得时光都要纷纷落下尘来。

这些还都不是关键，更重要的是，帝王看姐姐总是满目的疼惜和缱绻，似乎这样他的生命才圆满。她在一旁温酒，看着玉树清辉的男子，款款对着他的红颜。

这是一幅太美的画卷。

她是羡慕的，但从不曾嫉妒过姐姐，同时抹不去对这个男子的喜爱。江南的山水里从不乏才子佳人的故事，在她成长的情怀里，就是这个男子，丰盈着她的豆蔻春衫，也使她拒绝着所有名门望族的婚求。多少个缓歌慢舞的日子，距离他一步之遥的地方，于国他是帝王，于亲他是姐姐的夫君，然而于她自己，只当他是李煜，词牌里孤独寻枝栖的才子李煜。

"奴为出来难，教君恣意怜。"世情得让人可亲可慕。

多情的丝竹伴着琴棋书画的日子，弱水三千般的呵护，姐姐还是薄命的定数。她走后，李煜居然连国都可抛，急着奔了井边而去。她死死地抱着他，她永远会记得那天她拼尽的力气，她要陪着这个男人，要死一起死，要疯一起疯。

这不是国君该有的表现了，更像是文人的情绪，他无法把自己禁锢在龙椅上励精图治做个好皇帝，就像无法把自己从文墨中救赎出来。她这个旁观者看得清楚，李煜是注定的悲剧，可她还是愿意把所有的爱与未来都交付在他身上。要生一起生，要输一起输，要痴一起痴。哪怕换来的爱只是填词时的一个象征，她也愿意。

也只有在想起这些往事时，泪会忍不住落下来，她成了他的小周后，没有人再记得她的名字。一个"小"字，也是难以抛开的酸涩，但她知足了。哪个后宫不是粉黛比花还常在，姐姐看不开的，她都看透了。

从此后花园里的传说，就是李煜和小周后的耳鬓厮磨，有一日的良辰就度一时的快活。六宫佳丽填满院子，也不过是摆设，他臂弯里相随的，只是小周后这个能和他贴着肺腑的人。

小周后爱得深沉，不计后果。李煜需要一个盛大的诗情画意，她就铆足了劲，把自己的精气神一丝丝地抽出来，陪他描画。她知道李煜心里的悲苦和无奈，也知道，自己不过是李煜打发宫中时日，躲避桎梏枷锁，游戏红尘的伴。

是个伴，已足够安慰自己，不是她也会有别人。那么，因为她深阔而绵长的爱，所以一定得是她，必须是她。

正想着，身后忽然传来细碎的声响，不知是树叶落在水塘，还是竹影扫了窗棂。她没有动，只是轻轻地用白绫沾了清水，一点一点卸去红妆。现今的她，不再是小周后了，每次宫里来的人都要在庭堂里高喊，宣郑国夫人，生怕别人听不见似的。

奉召入宫，不得不从，她故意一身白衣，被呵斥了才不得不换上嫣红的裙裳。她跨出台阶，衣角扫过李煜的桌案，两人谁也不说话，李煜端着酒杯，神游太空，她目不斜视，面无表情。谁都知道进宫意味着什么，对攻下江南的胜利者来说，那里出名的不是舟桥莲歌，而是水一般的女子，尤其是曾贵为皇后，宠冠六

宫的她。

都过去了,面对艰难屈辱,面对李煜的麻木,她痛哭过,痛骂过,发泄着所有锥心的难忍。这个时候才是羡慕姐姐的,她走得早,反落了所有美好的追忆。这痛不欲生的日子里,柔弱的她陷在沼泽,生生承受。曾经欢愉日子里,所有的佳话褪了色,成了别人轻佻的笑谈。

活着多难,死才容易。可她仍然选择了生,实在是无法弃李煜而去。他已经什么都没有了,一盘棋下到山河凋零。丧国之君的称号将一传千古,天下的嬉笑和骂名,她宁可多几分转移到自己身上,让他在诗词里尽欢,而自己在黑暗里守候。

也是到了这一刻,才恣意地又想起那么多往事,以后孟婆汤喝下,忘了也罢。她重新梳妆,着一袭月辉浣洗过的碧色长衫。

因为姐姐的明艳,她更偏好绿色,素喜以青碧色着妆。小周后正青春妙龄,怎么穿戴都是清新的,亭亭站在李煜面前,盘高髻,点红唇,行走时裙裾飘扬,逸雅韵成,飘飘然有出尘的气质。

有一次,宫女把染成碧色的绢晒在苑内,夜间忘了收,被露水沾湿,未料第二天一看,颜色却分外鲜明,她与李煜见了,也觉出奇地好,给此种颜色的绢取名"天水碧"。

李煜兴致大发,将茶油花子制成花饼,大小形状各异,令宫嫔淡妆素服,缕金于面,用花饼施于额上,名为"北苑妆"。

妃嫔宫人,自李煜创了北苑妆以后,一个个去了浓妆艳饰,都穿了缟衣素裳,鬓列金饰,额施花饼,行走起来,衣袂飘扬。远远望去,好似广寒仙子一般,别具风韵。

有姐姐的贤良淑德在前,即便再努力,小周后也赶不上姐姐刻下的符号,不如就娇媚到底。她好焚香,每天垂帘制香,满殿芬芳。安寝时为防失火,她就用鹅梨蒸沉香,置于帐中,沾着人的汗气,所生之香,便变成一股甜香,其味沁人肺腑,令人心醉,小周后给它取了一个名,叫"帐中香"。带着私密的情调和隐而不宣的悠长,醉了他们多少梦。

哪知道梦醒来,竟是如此凄凉,没有勇气回首。

春花秋月何时了,往事知多少。小楼昨夜又东风,故国不堪回首月明中!

雕栏玉砌应犹在,只是朱颜改。问君能有几多愁?恰似一江春水向东流。

七夕那天,李煜走了,明知异样,也是讨不来公道。他是旧时月色里最孤凉的那抹箫声,吹断了音符,尘世里的伤心人,就剩了她一个。

再也不用硬撑了,可以对飘过来的黄衫凛冽地说"不"。早晚一死,还怕什么呢,她用尽自己的深爱和悲哀,晕染在纸钱里一并点燃,供他七七四十九日安魂,再之后,没有一丝留恋。

她静静地离开了,两手空空,这一生辗转难测,尘缘陌路,就互不相欠吧。长长来路,漫漫归途,若能再重逢,愿是春和景明的池中亭。棋盘上,风烟俱净,那个女子落棋在中央,明知是错了,也要看你手下,是否有情。

其实她更像是一棵树,悲哀地生长在了李煜经过的路边。无法丈量缘分的深深浅浅,于是为这一场倾心的相遇,宁可舍弃恒河须弥,也要绽放所有的美丽,哪怕只能换得一季芳菲,仍然做着终生的攀缘。幻想着,在红尘之外,秋水之中,轮回之上,超脱于一个洒脱的追随,没有界限,没有阻隔。

最后,一纸卷轴,收拢残生。

她含笑隐去,我手中茶已凉,起身找来月色的托盘,一一捡拾起凌乱散落在地上的如墨珠子。至于是否齐全,我没有再数,但是心里清楚，失散后，只能是更深的孤独。

　　找出绵长的线，趁天光还亮，坐在窗前，一颗一颗地串起来，再打一个稳稳的结。不求能修复到完好如初，只为再相逢，还有相伴的日子。而后放在画册上，映着枯黄的纸张，陡然间深邃得不知今昔何处。

　　金庸《天龙八部》里，阿朱伏在萧峰的怀中，背心微微起伏。萧峰轻轻抚摸着她的头发，心里一片平静温暖，心里暗想，得妻如此，复有何憾？霎时之间，不由得神驰塞上，心飞关外。想起一月之后，便已和阿朱在大草原骑马并驰，打猎牧羊，再也不必提防敌人侵害，从此无忧无虑，何等逍遥自在？

　　对于相守的平静，一个月太短，怎么过都不够。可是对于相守前的颠簸，一个月却也太长，充满无限变数，命运往往残酷，告诉他们，无论怎样，其实都走不到。

　　萧峰有不共戴天的仇要报，阿朱有大过天的恩情要还，她易容成父亲的样子，死在萧峰手中。

　　辽阔的草原上，依然碧绿如波，繁花斗艳点缀其中，白云朵朵透出天的纯净，羊群悠闲地漫步，却永远不会有那一双梦里无数次来过的恋人，美好的画面只停留在了梦中。

　　此后，是想都不敢再想的痛。

　　好像人在世上，总有不得不办的事情，结局却往往出人意料，

再转身,已没有回头的路。

无奈的,还有岁月风霜,"最是人间留不住,朱颜辞镜花辞树"。

还是那个张潮,他在《论花与美人》里得出结论:"花不可见其落,月不可见其沉,美人不可见其夭。"

花与美人的关系,又疏离,又密集。

花开得正艳时,总是怕被比,于是不肯轻易戴在头上。花瓣凋落时,又自哀自怜,把这残花收在心里。纵使不甘,又能怎样。

惊涛骇浪,被淹没于世道荒凉,为着心里的那个人,千里漠风,愿赤足而行。哪怕百年孤寂,哪怕开到荼蘼,哪怕,飞不过沧海。

【一曲相思为君载】

窗外季节暗换，天荒地老，而我什么心思也没有，只安静得如同一个符号，书写出来是一点替换不了的忧伤。缀上画意，也还是有那么些许惆怅。越是宁静，越是不敢分心，好像略有恍惚就会丢了自己一样。看又看不分明，隔着月下的轻纱，不如什么都不想，只把这一寸辰光细数成低吟浅唱，缥缈的箫音是世外的红尘绝响。

世外在哪里，载一度相思铺路，够不够到达你的心？

故事发生得太凄凉，连朝代都默默无语。那是一个小村子，鸡犬相闻，桑榆清平。村头的柴门打开，走出来贤惠温良的女子，她的名字不由得让人珍惜，她叫粉扇。

名字是相公起的，他把她的名字用小楷端端正正地写在纸上，拉着她看。她看了一眼脸上就飞霞铺满,世上只有这个人能这样叫她。她是他身边的扇,收着一生的柔情。民间女子的华彩和贵气,往往就映着这贫寒四壁,听他叫自己的名字,这已是世上无可企及的喜。

窗外的苦情树也不觉得有什么不吉利,它只长叶子不开花,夏天浓荫遮蔽着小院和相公读书的桌子,见证了他的十年寒窗,向远目光。

他该去京城考取功名了,日盼夜盼,总是等着这一天。

粉扇把他简陋的包裹和不多的钱财数了又数,唯恐有什么遗漏。就是不能停下来,心里有说不出来的慌张,只剩她一个人的日子该怎么熬,一路上的艰辛和风霜她陪不了看不到,那塞得满满的惦记和牵挂,从现在起就已经开始不安分了。

多久才能再回来?这是他们的第一次分别。

清晨,天刚蒙蒙亮,太阳还没升起,他要启程了。昨夜他们彻夜未睡,她说:"全心全意去考试,不用惦记家里,不管结果怎样,记得早日来信报平安,我等你还乡。"他说:"要好好照顾自己,不要有太多牵挂,等着和我共享荣华。"

送他出门,脚步才迈回来,就已觉得牵肠挂肚。怕这一去是永别,天下茫茫,这里不再是他回首的地方。

她指着苦情树说:"夫君此去,必能高中,只是京城乱花迷眼,切莫忘了回家的路。"

眉间心头·朱砂

松溪吹箫图 清·任颐

他应诺而去，去时缠绵。身影消失时，却那样决绝得没有半点留恋。

粉扇在家等了又等，盼了又盼，每年给自己编一个谎言，让自己相信他总会回来。转瞬间，青丝变白发，她在这个被遗忘的角落，孤独地走到了生命的终点。

临终前，她在苦情树下发愿："若夫君变心，从今往后，让这苦情开花，夫为叶，我为花，花不老，叶不落，一生同心，世世合欢！"

第二年，苦情树果然开出了娇柔粉嫩的花，像一把把小扇子绽放在树叶间，随风而散淡淡的香气。

从此苦情树成了合欢树。花是合欢花，只是花期很短，只有一天，叶子也是随了花，晨展暮合。

粉扇的结局很悲凉，死亦带着哀怨。有些女子的爱就是有这样的不甘，明知道他变了心，仍然存着一丝幻想来等待。即便化成草木，也用精诚换和他的相守，哪怕一季只一天相对，也要以最柔软最娇羞的面目出现，落在地上也是自己生出怜惜。这一场爱，她拼得彻底。

总有人说爱情中的女子往往不动脑子，聪明伶俐劲都不见了，只是憨憨的。旁人看得分明她就是看不真切，也不知道是真糊涂，还是装糊涂。

若是真糊涂，倒也是福气，这样看在眼里的就和握在手里的一样多，永远不会有失落。

可怜的是明明已经知道了结局，却还努力地去寻找转折，或者只是怪自己太多心，不是别人说不透，是自己不愿意承认。

是自己承担不起。

张爱玲聪明热烈，专程从上海跑去温州看胡兰成，只需一眼就已看透他和范秀美的关系。可爱情里的她不但不说，也不允许自己去想，还甘愿提笔给范秀美画肖像，只是没撑到画完就撂了笔。胡兰成问她原因，她说："我画着画着，只觉她的眉眼神情，她的嘴，越来越像你，心里好一惊动，一阵难受，就再也画不下去了。"

心里有深爱，怎会不明白。

刻意不提的委屈，到底还是最瞒不过自己。

每当夏天走过合欢树时，看到树上颤巍巍如美人粉痕的花，就想给那个女子托梦，告诉她，她的相公名落孙山，遭受打击偶发意外变得失忆，他忘记了自己赶考求仕的路，也忘了家里苦守的妻。他丢了过去，幸而情缘不减，还有他们合欢的机会。

古时候的读书人应试真是一件冒险的事，尤其是对于家里的妻子来说。整个全家老少，守家勤田的担子都要压在女子的肩膀上。而送走的那个人要经过无数的十字路口，要记得方向辨得深浅懂得进退,才可能盼到团聚的那一天。

相比而言,夫君在军营倒是更有安全感,即便是浴血奋战生死难料,至少不用担心他的改变。活着等他回来,死了等他同葬,还有什么好怕呢?

合欢花又叫马塍花。宋人苏泂有诗句:"所幸小红方嫁了,不然啼损马塍花。"

清人李銮宣也有诗句:"马塍花发春濛濛,马塍花落啼小红。"

这两首都是凭吊姜夔的,那个大雪初停的夜晚,寒意清旷,他和小红乘一简舟还乡。小红轻轻地唱起曲子,轻婉得如天外仙子,姜夔随之吹响洞箫,荡尽沧桑漂泊,在这一刻,二人倾心相合。

自作新词韵最娇,小红低唱我吹箫。
曲终过尽松陵路,回首烟波十四桥。

这一清幽涤尘的才子佳人雪夜图,曾被历来画家意想无限,葱茏地置于笔端。任颐这一幅,不取那份飘逸朦胧,独怜素洁清冷。

落寞归途,知己难酬,且在这一唱一和间,心里十万烽烟已看透。他笔墨放纵,难掩其情,把宁静化解得如枝上傲松,任风雪斗寒霜,天阔意茫茫。

姜夔是南宋的一抹冷香,伴着清冷独绝于世上。他一生从未出仕，靠卖字和朋友的接济为生，醉情于文学、音乐和书法。几多音律篇章，除了他，无人可以接续。他体貌轻盈，逸气旷达，不觉悲苦，困踬场屋不减风神。若闲云孤飞，去留无意；如世外仙人，不沾尘缘一点涟漪。

　　读他的诗词总能感受到那份发自骨子里的清幽冷隽，回味词意，却又有难说的不甘。他看红尘十分凄艳，独自要咽下三分，剩下的也是在他山河可栖的胸间打磨得散发出静悦，是秋天寒霜里的残红，是深夜清辉里的默念，你会觉得这是他的，这只是他的。他倚着南宋不安的半壁江山。

　　姜夔四海飘零，寄人篱下，不问未来前程，也问不起。周围丝竹旋舞，每个人都似乎是倍加珍惜这战后的安宁。文人和歌姬，大概就是当时平和的象征吧。

　　那是宋金对峙，南北妥协的时期。江南清秀依然，哪个忍心打乱，不如这样且把今朝为酒欢，也是点缀了一代的风光。

　　范成大是姜夔的好友，也是当时的词坛巨匠，以一颗刚正不阿的爱国之心，冒着生命危险出使金朝，慷慨抗节，不辱使命。后来官至参知政事，因与孝宗意见相左，两个月后便辞官而去，隐居石湖，号石湖居士。

　　文人做到范成大这样，让人不得不叹服。虽然幼年家贫，父母早亡，但他一手写诗词，一手做文章，考中进士踏进官场，没有贫寒人家出来的谨慎唯诺，也没有得官之后的突然膨胀，他的目光始终在民间疾苦上，心捧给国家，为胆小的南宋壮出气势。当他发现自己就是舍身成义也挽救不了波澜时，干脆把官服甩给皇上，他不妥协不气恼，国有国运，数得清脉搏，数不清气数。于是襟怀磊落，潇洒豁达地回了乡，修建了范村，与文人清客酬唱知交。

也由此，他什么都见识过了，对文人朋友也多了些怜惜，他对姜夔还有一份格外的欣赏。

淳熙二年冬，姜夔踏雪至范村赏梅。此时范村内红梅初绽，

白雪飘零，竹院深静，范成大已过花甲，身体不安，怕冷没有出门，便让姜夔作《玉梅令》词"戏之"。他不知道姜夔能带给他怎样的惊喜，但他相信在姜夔的诗里赏梅，不但能观其风貌，还能暗香盈袖。

姜夔酷爱梅花，在他的集子中咏梅的诗词就占了四分之一，纵然有横看成岭侧成峰的角度，更多的还是因为心里有不同境遇不同惦记，与寒梅相对，总有不同的感悟。

就像面对一幅画，每次读都有不同，它就在那里不添一笔，却总生出不同的情怀，读来读去，面对的全是自己。

范成大用了一个玩世不恭的"戏"，把文人间的风雅挥洒得无形而有意。心里的郑重与四时的花开迎合起来，慢调浅酌，是风流人间的戏。米芾拜石是戏，林和靖梅妻鹤子是戏，戏得痴戏得真，戏得让世人看在眼里，都只是会心一笑。

范成大授简索句，以求姜夔新词别韵。

姜夔精通音律，能自度曲，其词格律严密。他留有《白石道人歌曲》，共收词八十首，其中十七首带有曲谱。有十四首是他自创的词调和乐曲，三首是填词配曲的，这十七首，每首定有宫调，并以宋代工尺字谱斜行注节，扣于字旁。

这个冬天踏雪寻梅写下的《玉梅令》，就是他词章和音乐共生共伴的代表作。

暗香

旧时月色。算几番照我,梅边吹笛。唤起玉人,不管清寒与攀摘。何逊而今渐老,都忘却、春风词笔。但怪得、竹外疏花,香冷入瑶席。

江国。正寂寂。叹寄与路遥,夜雪初积。翠尊易泣。红萼无言耿相忆。长记曾携手处,千树压、西湖寒碧。又片片、吹尽也,几时见得。

疏影

苔枝缀玉,有翠禽小小,枝上同宿。客里相逢,篱角黄昏,无言自倚修竹。昭君不惯胡沙远,但暗忆、江南江北。想佩环、月夜归来,化作此花幽独。

犹记深宫旧事,那人正睡里,飞近蛾绿。莫似春风,不管盈盈,早与安排金屋。还教一片随波去,又却怨、玉龙哀曲。等恁时、重觅幽香,已入小窗横幅。

　

一句旧时月色,时光缓缓就倒了回去。我在梅边吹笛,冷冷的月色下,回旋我说不出的心曲,你在不远处独立,漠漠清寒似梅花的精魂,忘却风霜轮回。这一刻接近永恒,你是我可遇而不可求的知己,忘记所有,听我留在世间的声音。

无奈年华怕蹉跎,一晃已是那么久的别离,如黄昏里安静的夕阳,徒剩了忧郁。再难找回春风词笔,也许是因为和你分开,所有诗情画意也都随了你去。我唯有相思，想有一天能和你再相遇，想象对着冰清的梅花，就是对着馨香的你。

可恨万物都无情，总有凋谢的离散。在最盛放的时候开始，一天一天靠近归期。片片吹尽，赏尽一世的梅，眼前浮现的，都是我们携手同游的回忆。

姜夔的作品，意足不求颜色似，一番赏梅的词作，天意人事、家国山河都包括了。若即若离，想梅花是这般清雅高洁，想记忆里的人是这样难忘，想这江山社稷也有盛衰的命运。

他微笑着站在一旁，调弄古琴，慢吟新词。他只是咏梅，他什么都不想，可我听了，却不得不想。

他想念的女子，流落在合肥。他用他全部的相思来铭记这一段无法割舍的情愫，几乎他所有和情感有关的句子，都是迢迢飞渡寻着她。

我们无从得知她的名字，只能想象那个声音婉转轻柔似莺，体态轻盈依人如燕的女子，她伴随着姜夔的想念，永远地隐藏在了泛黄的宋词中。

总有人想去研究或者考证，这女子究竟走过了一个怎样翩翩若鸿的路程，试图把他们浪漫凄美的故事还原得细致而动听。

而这些，都那么地不重要。他深爱着她，这是心里发酵的秘密，她不是柳永笔下一个可以随笔带出的名字，她是姜夔小心翼翼的珍藏。

千年过尽,多少文人读到姜夔眼里的深情,多希望也能遇见这样一个女子。也许无法相伴,连音讯都飘渺,可就是能够收在心里,一生坎坷飘零不敢忘。

这样的红颜知己,遇上了,才是真的劫。

自己给自己,画了一个牢。

《暗香》和《疏影》一出,范成大迷醉不已。词意空明澄澈,音律柔美扬抑,于是特命善歌的青衣小红吟唱。小红也是素淡之人,她看着姜夔单薄的背影,声声唱出了那份字句之外的清虚高雅。

心思一碰,竟是那样温婉圆熟。

小红就是为这曲子等在这里的。

范成大也觉得姜夔的词曲,也还得小红唱才能应时应景,所以他把小红送给了姜夔。

姜夔布衣困顿,应该是没有能力收留歌姬的,但他并没有辞谢,反而欣然收下了,或许因为她是小红吧。在范村停留月余,新春将至,他选择了在除夕这天,带小红返乡。

从石湖出发,舟行至垂虹桥时,已是夜色苍茫。

总觉得姜夔在世间行走,就是由一幅幅画面勾勒的。此时雪初停,四周寂静,团圆喜乐散在万家灯火中。他们乘坐的小船很简陋,几乎难挡风寒,只有苍劲的松枝,对他们如迎如送。

这一幕太过于沉静，已经不知今夕何夕，也不知这船是不是还载着浮生。姜夔沉默不语，面色中有一段淡淡的清愁，他似乎陷在了另一个世界。小红忽然唱起了他新制的曲子，歌声低婉空灵。姜夔看着对面的小红，低垂的眼帘，细小的绽放，随之吹起了箫。箫声既起，惊起天上人间相顾，如一曲合韵离骚。

再回首时，小红已嫁作他人妇。

小红和姜夔，没有什么爱情，只是自怜自身的一段情谊，更是难得的知音。他们相伴走过了几年填词吟唱的生活，也许小红身上还有合肥女子的眉眼，让姜夔不舍。待时日渐长，真情渐生，姜夔知道，该放手了。

太过于依恋，总是会混淆两份不同的感情。他忘不了与他合奏的琵琶女，也不忍误了与他和声的小红。数年后再次夜过虹桥，他写道："正凝想、明素袜。如今安在，唯有阑干，伴人一霎。"

想的分明是小红，却又依稀隐着那个怀抱琵琶的女子，不言不语。

小红读过他的心，却读不破他的感情，不是情愿陪他吃苦耐贫就能共度一生。她远远地去了，不再人前唱曲，只为自己重温他的心声。

后来的姜夔颠沛迁徙，生活益加凄苦。终病卒于临安，竟不能安葬，幸得友人相助，长眠于钱塘江旁。

而这些，小红都不知道，否则，她该有多心疼，她一向都知道他的寂寞凄凉。

后来有人凭吊姜夔，以马塍花喻小红，我总觉得不是太贴切，不该把他们的感情狭隘地定义在爱情上。他们的情谊比爱情更清明，可以一语知心，也可以一言两相离，皆是因为懂得。而且，超脱了爱情，回忆里只要有彼此，就有那么一丝温柔的眷顾。

这一程，小红到底只是姜夔路过的一枝冷艳的花，开在他箫声响起的路边，静静听了一曲，就已被他度了魂去。

真想这样来相问，带着一点痴一点怨。

"念桥边红药，年年知为谁生？"

【人面桃花】

如果不是这首诗,大概没有多少人能记得崔护。唐朝的诗人占尽无限春光,然而最有殊色、端凝含情的桃花,却被崔护采撷了去。一场赏花的邂逅,本是无意,情却留得不清不楚。原以为是一厢情愿,没承想是两情相牵,牵得那么执着,一个绝了红尘,一个要随了她去。

在民间一直都有清明踏青的习俗,此时节,气清景明,万物皆醒。尤其是文人墨客,往往结伴出城,在万物生机的春色中赏花抒怀、吟诗作对、远咏楚湘、对揽情怀,把春天打扮得就是比别的季节娇艳多姿。

春游,古时也叫探春、寻春。在这一探一寻间,三生石上定下的缘,就安静地上了红尘。

崔护是博陵县的一个书生，出身于书香世家。他天资纯良，才情俊逸，只是性格有些清高孤傲。平日里一个人读书习字，很少与他人来往，出入街馆郊巷，也常常是独自往来。这样的男子，可修炼做隐人高士，可若要求仕问官，就缺少了活络。

他深沉的个性，在这尘世的道路上，显得太过于单薄。他是正扬起的月色，需要一支玉笛来吹破，给他的孤凉添一份烟火。

清明节这天，晴日暖醉，他一个人去都城南门外散心。一路走来，莺飞蝶静，微风轻拂，心一下子有了情意。再看这四周，草木吐绿，桃红柳戏，春色撩人好不热闹。他极爱这自然生发的景物，可以让人放开了心与之同欢喜同悲泣。

不知不觉间越走越远，戏台上不过是几点锣鼓，一个转身。总得要丢开都城，深入碧野，才有可能到得故事深处的世外桃源。

崔护干脆放任自己尽情地享受疏朗春明里的暖阳，他沿柳深入，远处浓浓淡淡，只见桃林安然端宁地在更前处等他。这时，他忽觉口渴体乏，欲寻农户讨杯水喝。但他出来已久，此地并不相熟，而且人家散落，没有大的村子，只三三两两如星罗棋布的房子，点缀在人稀鸟鸣的田园。

不由得想起小时候，每次回乡下老家，不管春夏秋冬，看田野里四时风景，经常是遇不上行人。好像天地时空都只有自己，不但不显荒凉，反而无比亲切，连田边的树木都显得亲切，并不

眉间心头·朱砂

人面桃花　清·费丹旭

生恐惧，相信自有皇天后土来护佑。

远处看不到任何砖瓦墙屋，整个村子都被壮阔的树木围绕起来，且家家院子里几乎都有树。民间就是这样来繁衍的，跟树木分不开，南朝乐府民歌《西洲曲》里也这样唱，树下即门前。真是华丽得贴心，落到现实里也的确这样，无树不成村，这样才安得下身家。

崔护也得唱一句"南风知我意"。他三转两转，柳条扶肩指路，桃花初绽香引，他可能已经记不清走过的路途，因为他看见前面树掩花藏地露出了一户庄园。

园子占地很大，约有一亩，但雅静至极，连悠悠白云都在这里停歇，真个凡人惊叹，仙人难料的去处。

不是因为它的富丽，它不沾任何贵气，特别在于一亩之地皆是桃树，遮掩着平实稳妥的小屋。

就因为这篱笆里的灼灼其华，让它在这个春日里显得那么不可求。静得没有人烟，静得只待人烟。

不可求，好在，还可以遇。

崔护前去敲门，轻轻地扣着门扉，扣了很久。他想，这里应该住着个老人吧。看过繁华走过四方，再落脚，才拾掇起这般精致，有这飘然的心情。有时候，单看外表，得道高人和乡村凡夫看上去没有什么特别的不同。

他这个闷头读书的书生也真是规矩,连艳想一下的机会也没给自己留,可惊喜往往就是这么眷顾,里面传来询问,比这桃花的香气还要轻,是个柔柔的女声。

"寻春独行,酒渴求饮。"崔护老老实实地回答。

门开了,开的不只是这扇门,还有青春男女心里恍惚间等待的倾慕。更是一首诗有了定局,从此时光的快慢,就随明月流水,有了归途。

出来的女子正值妙龄,她布衣素裙,淡妆莲步,眉目清丽,脱俗的气韵顿时让桃花没了颜色。

此时,大唐正盛行富贵牡丹。人人贴钿倚红,难得见这素面女子,眼神清澈得如梅蕊间的露珠。她却又不似普通的乡下女子,面对生人没有那种羞涩和慌乱,她把崔护让进门来,拈起衣袖,给他安顿茶水。

崔护一边坐着慢悠悠地喝茶,一边打量。这女子倚着一棵小桃树静静地站在那里,好像她是桃树的真身,而桃树是她的花容。

仓央嘉措有首诗句:"美人不是母胎生,应是桃花树长成,已恨桃花容易落,落花比汝尚多情。"

她不知道自己这清新雅致的一幕落在一个极有诗才的年轻人眼里,会是怎样的心潮澎湃,她只是这样站着,自然里带着薄薄的羞涩。

崔护也自然生出了情愫,开始和女子说一些桃花染春风的话。

她却只是默默不语,低头看着自己脚边瓣瓣落花,神色空蒙,却又绝艳,让人怜惜。一时间,崔护也不敢再孟浪,爱花之人先要懂得护花,他怕自己一个不慎,伤害这柔弱而又素洁的心。

他只是凝神看着她,她间或也望他一眼,眼神对撞的一瞬间,情意藏不住,也抓不住。

他不敢想是不是可以相求,恐委屈了她。最是那深深的凝望,他几乎溺在里面,所以只敢握住那一时一刻,再往深处,却想不分明。

他起身告别,她送他到门口,不胜之情,未语已千言。

崔护不住地回头,心里情丝一旦种下,就是一步一节地生长。正是清明时节,花草应约,蜂蝶成双,春情本就胜三分,他去哪里忘?

她又如何不等?

可他从此再也没有去过。

很多时候,怕的不是一个失望的打击,对于结局的猜想,大体里说,无非就是成与不成,有盘算的,就肯定有这个思想准备。之所以不再去试图争取,是因为怕失落的情绪,以后会无端地生出大大小小的契机,把那份失意撒播得处处皆是,在感情的空间里,他将举步难行。

不如留一个没有结局的悬念，至少还可以想象，总有人说，没有遗憾的人生就是完美的人生，若这也是遗憾，那他情愿留着，留成日后可以回忆的出口。

可是这安慰也只给了自己一年，他拼尽力气也只躲了一年，那感情疯长得让他无处可藏，他一定要面对。

第二年的清明节，崔护又一个人匆匆赶往都城南庄。今年的柳芽桃花是早是迟，他一点都没有察觉，他要寻的是春天里的那个人。也许以后的岁月，只有她能带给他春天。

一路奔波到农庄，院门依旧，只是落了锁，锁得他心里寒霜顿生。

他在桃花树下坐了良久，纷纷然然的花瓣落了他满身满头，那个如桃花一样的女子，一直也没有回来。

怅然若失的崔护在门扉上写下了千古名篇：

去年今日此门中，人面桃花相映红。
人面不知何处去，桃花依旧笑春风。

这一次崔护没有轻易放弃。几天后，他又到了那户门前，却听得里面传来隐隐哭声。

崔护急切地敲门，出来的是一个老夫，老泪纵横地打量了下他，问："你是崔护吧？你杀了我的女儿啊。"

那个女子为崔护而死。

崔护又惊又怕，慌乱中不知该怎样作答，想到她不在可能是因为嫁了人，怎么也没想到居然已离了人世。而且，是为了他。

原来，那女子果然不是普通的农家女。她识文断字，知书达礼，已经成年但还没有许配人家。自去年见到崔护后，便芳心已动，心里有情但碍于礼俗，只觉崔护也对她有意，自会请媒人来谈婚配。不料他一走就再无回返，自己早已认定了他，她的痴心就这样一直被辜负着冷落着煎熬着。一年来，茶饭不思神情恍惚，清明节那天不过是出去散心，回来见门上的题诗，知道他已来过，而自己竟然错过，料定今生是再无缘分了，于是绝食而亡。

"沉吟久，怕君恩未许，此意徘徊。"

崔护悲痛之中也深怪命运捉弄，他把那可怜的女子抱在怀里痛哭，嘴里一遍又一遍地念着："我在这，我在这，我在这啊。"

别怕，我在这，我这样抱着你，不让你孤单离去，我不知道你受了这么多的苦，我和你一样，也是相思已成疾，只是没有想到，再见面竟是天上人间的分别，这是比死还要痛苦的心碎。

崔护的泪水滴落在女子的脸上，他用自己的体温暖着她的灵魂，更是用苦苦的呼唤让已踏上黄泉路的她，为了他和他们的爱情，再回到阳间。

有情人终成眷属，人世的磨难也都是为了团圆的相守，好像不经历那些刻骨铭心的离别，就无法换来珍惜的耳鬓厮磨。

他们从此过着幸福的生活。

不是童话里的结尾,最痴心、最深情、最坎坷、最圆满的故事,就在民间,在身边。

这个故事出自唐朝孟棨的《本事诗·情感》,后来明代剧作家孟称舜依此创作了《桃源三访》(又名《桃花人面》),此剧以大段的抒情独唱,细腻地表达了崔护对那个女子伤感、孤单、彷徨、凄凉的思念之情。

再后来,评剧大师韩少云与陈桂秋携手主演了古装戏《人面桃花》,扇子一展,水袖轻抛,就开始了探春寻情的路。

说姻缘天定,却是说它的不可选择,一定得是对面的这个女子,一定得是眼前的这个他,换了人就必然不是,除此别无选择。隔了再远也能相逢,用太多的不可思议去铺垫一个巧合,就是阴阳两别,也得或同生或同死。如此说来,姻缘簿上的指纹,大过生死簿上的功过。

生死相随的故事,最让人流泪心碎又赞叹的,莫过于南朝民歌《华山畿》。凄美动人,苦涩难尝,他们把爱情种在尘世,自己却永别春色。如果你不信爱情,那就一定要来听一听这个山中女子对爱情的吟唱和痴望。

纷然红尘里,不要让她丢了你,你也不要忘了她。

华山畿,君既为侬死,
独生为谁施?
欢若见怜时,
棺木为侬开。

南朝刘宋少帝时,有一南徐士子,从华山畿往云阳,在路上遇见了一个年轻女子,说不出具体的理由,但是心里非常喜欢她,只一时三刻便已相思成疾。回家后,母亲再三追问,他便秉明了原因,想那萍水相逢的女子在他心里烙刻得深,他的世界只剩下了她,即便无人问,但凡开口,也是与她有关的。

母亲连忙去华山找到这名女子,把事情的始末详细地跟她说明。这个母亲此番前来必定是为了儿子的性命,可她想出的具体办法我却无法猜透。这世上没人能比母亲更了解儿子的心思和想法,他病得汹涌,为保他一世安康,她应该首先想到的是婚姻,把她娶过门来,守在儿子身边,用爱情做生命的支撑,似乎没有比这更保险的事了。

原文中,讲述士子对女子的爱慕之情,用了"悦之无因"四字,读来只觉怦然心动。爱情开始得纯美,爱一个人,真的不需要什么理由。嫁给这样的男子,应该不会被辜负。

然而结果是女子脱下蔽膝交给这位母亲,母亲悄悄地铺在男子席子下面，他的病果然痊愈。

可是他无意间掀起卧席，发现了女子的蔽膝，居然问也不问，直接烧成灰吞了下去，于是命自然不保。临终前，他嘱咐母亲说："给我送葬的时候，要让车子从华山过。"

我刚看这个故事时，读到这一段，脑子里闪出一百个问号，手却攥得紧紧的。大概但凡女儿，大多清贵，尤其终身大事面前，能有三分遮掩的，就不肯大大方方相见，用一个施了密咒的衣服去疗他心里的伤，却是治得了病治不了命。身体好了到底是一件幸事，未来可以从长计议，君子好逑，也得有那个逑啊。现成的路摆在那，去给那女子致谢还衣表明心迹。她也不是无情的，只是女心婉约，她说不得。

就是猜不透他的想法，宁可舍了这命也不愿去努力争取，他生来就是为考验那女子，是否能与他生死相随。

母亲带着儿子的遗体从华山过。行至那女子门前时，牛却怎么也不肯往前走了，拍打拉拽都不管用。

女子出来说："请稍微等一下。"

她进屋沐浴更衣，梳妆打扮，一会唱着歌出来了，唱的就是这首《华山畿》。

众人惊愕之际，棺木忽然打开了，女子平静地注视着他，毫不犹豫地跳了进去，与他并排躺下，棺木重又复合，任凭女子的家人再怎么敲打，始终不能令其打开。只能在此把他们合葬了，后人称为"神女冢"。

她带着微笑，走向了她永远的归宿，面对死亡也没有任何畏惧，原来视死如归竟是这样温柔。相爱的人，在对方死的瞬间，好像唯一的珍宝被命运夺了去，怕身边孤单再无陪伴，却不怕死亡以后。

命运无欺只得认，大不了随他而去，同棺椁同墓穴，谁还能再分开吗？

故事有了传奇色彩，变得似乎不再让人信服，没有爱情的人看了或许更加麻木。这样的爱情世上没有，不过是《古今乐录》里的杜撰。一个为爱将生死置之度外，一个殉情祭奠尘缘，让这首民歌有一个凄美的故事作依靠，历来悲剧更容易让人铭记。

可是我信，我信故事，一如我信爱情。

还有一对墓里团聚的爱人，化成了沧海蝴蝶，伴着一曲《梁祝》翩翩流连，任岁月苍凉，他们永远长伴于明媚春天。

故事总有最浓最艳的一个回顾，似檀板清歌最激越时停顿的一段空灵，但能把这表之不尽，使人一望就宁愿奔赴千里，穿越光阴去把重逢的一幕画在笔端，只有费丹旭绘得淋漓而从容。

桃花难画，因要画出它的静。

这静是寄托着女子的妆容，瓣瓣生情，却含而不露。它是若即若离花，不应凡间数。

这幅画，宛然闻得到香气，什么都是缓缓的。绿荫夹道，骑马忘驰骋，只因身后，还有那个女子安静的目光，和桃花一样，远成一抹娇羞，他回望又回望，舍不得走出来。

才子佳人的邂逅，世俗得亲切而温情，体现在这画中，就是直与性命相亲。

掩上画卷，外面夜寒星稀，我打开一支琵琶曲听着，只觉春意无限。

有一种欣然，悦之无因。

花若离枝·长歌

【歌尽桃花】

胡兰成曾经这样评张爱玲："她这样破坏佳话，所以写得好小说。"

果然，张爱玲不动心不动情，却好似已把红尘看破似的说："普通人一生，再好些也不过是桃花扇，撞破了头，血溅到扇子。聪明之人，就在扇子上面略加点染成为一枝桃花。愚拙之人，就守着看一辈子的污血扇子。"

她把爱情看得通透，自己却逃不出，那么义无反顾。

倒是我，带着小女子的平凡俗念，万不敢破坏佳话。面对里面不安的情节，也只当是瓷器上的冰裂纹，生而注定有它，一颗完整的心破碎开来，已然是盛开的花。

在我的书架上，有一整排古代戏曲名著，我看的第一本，就是《桃花扇》。

1699年，孔尚任写《桃花扇》，他用了十年时间，三易其稿，书成大笔传奇。年轻人从中看到爱情的缠绵、世事的无奈和恋人的坚守；政治家从中看到朝代兴衰灭亡的风起云涌；千古大帝康熙曾派内侍专程向孔尚任索要剧本。可见这桃花扇上藏了太多风情。

李香君对侯方域的真挚深情和对国家的民族大义，让人赞叹。这个弱女子的力量可以激起千层浪，孟姜女哭长城似乎也不是不可能的。论力气，她们手不能缚鸡，却可以为了爱着的那个人，感天动地，感染身边所有的人。

我只想单纯地写爱情，无关当时纷乱的世道，落笔发现却不能，只因这一切的悲剧，恰恰就源于这里。

一个是艳名远播，一个是才情横溢，男为翩翩佳公子，女为青楼薄命人，他们都太有名气了，若在太平时，定可以浪漫无尽相守有期，可落到乱世，感情就成了飘摇的小舟，靠不了岸，也难敌多少风雨。

倒不如清舍茅屋下的初开情窦，天下太远他们不用理，社稷太重他们也不用担，没有多少雄心抱负，也不愿意去当乱世里争宠的英雄。他们只要守着栖身的小家和可以耕植的田地，兵荒马乱也挡不住他们起火过日子。

民间的烟火，根植着淳朴大义，这"义"字竟然不是随时可以揭竿而起的。他们一拜国家安定，二拜风调雨顺，权力之争，

花若离枝 · 长歌

李香君小像　清 · 陈清远

最后要得的是民心，国和家就是这么难以分离。

　　青楼历来都是个轻易就能被打散摧毁的地方，盛时轻歌曼舞迷醉是毒，乱时红颜藏春易凋是毒，总之翻手是云覆手雨。这风尘里的女子，就无奈地成了可以浅尝，却不能深醉的花酒。

　　这些，她们深知，若想这一生也像寻常女子那样美满，就只得寻一个能懂得并珍惜自己的男人相爱。她们必然要付出多一点的艰辛才能换得平和守候，哪怕只差一点点，也能如梦幻般碎裂无痕。

　　李香君住在秦淮河畔的媚香楼，这楼的名字脂粉味浓了些。彼时，她正十六岁，如花似玉的年纪，随着养母李贞丽，请了师父学昆曲《牡丹亭》。

　　她们是卖艺不卖身的，比寻常庭院里的女子还要多一点豪爽侠气，而且又知风雅。

　　"原来姹紫嫣红开遍，似这般都付与断井颓垣。良辰美景奈何天，赏心乐事谁家院。"

　　这曲子度林妹妹的时候，她的爱情已露端倪，香君却不用这曲子度，她还没有真正地感受过爱情，或者，她都还没有做好准备。

　　可是，她唱着唱着就迎来了户部尚书侯恂的儿子侯方域。

　　侯方域与方以智、陈贞慧、冒辟疆合称"明复社四公子"，又与魏禧、汪琬合称"清初文章三大家"。显赫的家世、卓绝的才华、倜傥的风仪，似乎都被他占全了。

李香君琴棋书画、诗词歌舞也是样样精通，其人娇俏玲珑，人称"香扇坠"。

古时的人就有这样的可爱，郑重其事地起个名字，总觉得有这样那样的不妥，一旦随意取了个称呼安上，却是无比妥当。

多少的开始，都是这样轻轻地对望。

他们一见倾心。

侯方域许了一段情，李香君许了一生。

为香君梳拢并非有情有誓言就行，还得有一笔丰资为她赎出身来，其实就是把她买下来，让她成为他一个人的财物。

可惜他没有这么多钱，杨龙友出手大方，雪中送炭，送来了足够多的钱财，体面地帮他们二人办了喜事。

"涤了金瓯，点着喷香兽。这当垆红袖，谁最温柔，拉与相如消受。"

从楼上相逢到芙蓉帐暖，这一切顺遂得似水清凉，连投在波心里的影子，都像织锦缎裹着的龙凤珏，似乎可以代代传下去。

当夜，侯方域将一柄上等的宫扇送给了李香君，并在上面题了诗句作定情之物。

第二天早起才知道，这出钱的人并不是杨龙友，而是在政治上与侯方域对立，总想找机会拉拢他的阮大铖。

阮大铖著有多部戏曲和诗文，很有文采，但其品格低下，把政治斗争当成小孩子的游戏，好像什么都可以重来一样。舍得刀子和冷剑，也舍得糖，大不了还能躲起来。

他一生的官宦生涯，先后累计在一起，也只有两年左右的时间，主要就是不择手段地对东林党人和复社文人大加迫害，南京城陷后又乞降于清，生前身后留下了滔滔骂名。

侯方域有一丝的犹豫，政局动荡不安，处处都有缝隙，未来盘算不起，也许该先顾好眼前，毕竟这才是真实的有温度的，他舍得了这钱财，却舍不下这红粉佳人。

没有钱，这身旁的女子就出不了门，就不能跟着他走。

李香君可没有那么多的想法，一听是阮大铖的小算盘，她顿时把头上珠翠身上罗绮抛到地上，唯恐玷污了自己。舞低杨柳楼心月，雕出了这玲珑剔透不染瑕的心。

她凛然不惧的话让侯方域汗颜，眼前这个娇弱的女子不仅上得厅堂，入得院房，还能让七尺男儿生出敬仰。她人在斗室，照心照胆，俨然已有了丰碑的基座。

他们变卖首饰，四处借贷，凑齐了钱数给阮大铖砸了回去。

得罪了一个小人，他是一百年都会记仇的。从此，侯方域开始四处逃亡，李香君也如风中微竹动荡难安。

似一只雁失群,单宿水,独叫云,每夜里月明楼上度黄昏。洗粉黛,抛扇裙,罢笛管,歇喉唇,竟是长斋绣佛女尼身,怕落了风尘。

这曲牌名虽叫《锦上花》,听来却是凄凉万分,顷刻里,整个大明的寒烟都为她升起。

她闭门谢客,洗尽铅华,成了吹箫旧人,每日里焚香静拜,盼良人早日回来。

日升月移,盼良人归,李香君等来的却是田仰吹吹打打的花轿,要把她抬回去作妾。李香君说不通骂不走,在媚香楼上,她一头撞向栏杆,立时血溅。

这般亮丽的一个回转,生命横在这里,竟是谁也跨不过去。对方动嘴动手动权势,她委屈不得立志守节,贞对侯方域,忠对泱泱家国,她这一舞,把节气信义都担在了肩上。

此时还有一个情义女子就是香君的养母李贞丽,她唯恐逼死了香君,也念她的一腔痴情贞烈,狠了狠心,替她上了田家的花轿。

鲁迅先生给曹聚仁信中有这样一句话:"古人告诉我们唐如何盛,明如何佳,其实唐室大有胡气,明则无赖儿郎。"

明代的皇帝坐在江山上玩世不恭,都各有各的神秘传奇。宣德帝在宫里走笔翰墨;正德帝在乡村野店欣赏李凤姐头上的海棠花；嘉靖帝尊道教敬鬼神，一心修玄，日求长生；万历帝二十八年不上朝，经济却空前繁荣；崇祯帝以身殉国，自缢前不是赐后妃女儿三尺白绫，而是提剑乱砍一气。

这个极有意思却不糊涂的朝代，诞生了不少才子，末代萧条的世景下，却站起了一排奇女子。以"秦淮八艳"为代表，如陈圆圆、柳如是、董小宛，她们的传奇一直延伸到了下一个朝代的井旁村巷，她们心有壮志，生是明朝的女子，死是明朝的芳魂。

所以韦小宝对陈近南说，我们反清复明，就是要夺回属于我们的钱和女人。

咬牙切齿，这般的深仇大恨。

《桃花扇》里的政治风云，朋党结集，比李香君的等待用的笔墨要多得多。那是个瞬息万变的时候，个中人不敢等闲，历史的舞台本就是你方唱罢我登场，只是谢幕的不甘下去，登台的不愿等待。

　　于是就有了交错时的乱，小女子的爱情自然占不得缝隙，充其量只是个背景，华丽些，婉约些，让过往的兵器马蹄不是那么单调。就如路过河畔杨柳依依掩映的小楼，楼上一个绝色女子，有情有才有痴心，政治戏唱得让人累，拉上一个倩影且歇歇神。

　　只剩了香君一个人，而且有伤在身，更觉凄凉，整日也只有拿出侯方域洞房花烛夜送给她的扇子，一面想着他不知道在外面要受多少流离的苦，一边支撑着自己千难万险都要撑住等他回来。

　　李香君视这扇子比自己的命还要珍贵，他俩的情谊似乎都可以在这柄扇子上得到印证。

　　说来也奇怪，都说青楼女子无真情，因为面对的男人通常都是寻欢而来花钱买笑，她们动不得情更真不得，因为对面的那个人不真，厌了可以随时走掉。

　　扇子似乎隐隐地正有些跟飘零女子相似的不安定的命运，秋来见弃，这是无奈的注定。班婕妤身份之贵还对着团扇悲泣，香君的风采大气就是有这样的不羁，她是"香扇坠"，他给她扇子，不正是有个挂系有个依靠吗？这样想，人会轻快很多。

　　恼的是扇子上溅了她的血迹，不是杜鹃抛，是脸上桃花做红雨儿飞落，一点点溅上冰绡。

侯郎侯郎！这都是为你来。

想到深处，舍不得停下，把过去短暂的欢乐时光和漫长的分离仍是细细地一步三回首，含愁带笑再凝望地想来，想到支撑不住，伏在妆台睡去。

恰好杨龙友来探望她，看见了这不轻易示人的扇子，又见上面几点嫣红煞是寂寞，于是悄悄地摘了旁边盆里的草叶，拧出嫩绿的汁来，就取案上的羊毫笔，略一沉思，勾勒出了一幅简单的折枝桃花图。素绢绿叶红花，浓墨诗情相配，恰是开在有心人家，风情极了。

"叶分芳草绿，花借美人红。"

杨龙友对李香君有一份敬有一份怜，却没有任何非分之意。他知道她的过往和等待，也懂得她的刚烈和柔情。李香君此时是幸运的，有一位在亲情之外，却在知己之中的朋友，把她折损的相思点成一枝桃花，娇艳着永不凋零。

看似不经意的一笔，好像临时起意，给这烙刻的深情染成有生机的容颜，若不是心里原本有那份爱护在，桃花也难开。

红尘里，若有人为你绘一幅桃花扇，与爱情无关，那他一定对你珍之惜之，感慨这世上有这样一个你与他相遇。

桃花扇成了飞鸿一羽，托人寄向刚刚落脚的侯方域。

可恶毒的阮大铖不想就此放过她，他设计把李香君征为歌女送往皇宫，和侯方域彻底断了音讯。

不久，清兵南下，南京破城之时，香君逃出了宫，整个南京城里火光四起，处处凌乱。秦淮河依旧沉默，媚香楼却已不复存在，她跌坐在长板桥上看着楼上的大火失声痛哭。

此时此刻，在她不远处，侯方域在媚香楼周围苦苦地唤着她的名字，找了一圈又一圈，找了一夜。

香君被教曲的苏昆生看到，把她带去了苏州。一路颠簸心又碎，香君染了重病，暂居在苏州的卞玉京家，勉强延续着生命。

苏昆生也是古道热肠，他跑了几个地方打听，自愿北上商丘替香君寻找侯方域。香君剪下自己的青丝，连同桃花扇一起，交给苏昆生带去。也许她自己也有预感，大概是等不到侯方域回来了，只留下遗言："公子当为大明守节，勿事异族，妾于九泉之下铭记公子厚爱。"

侯方域看到这些，立即启程，星夜直追，可还是晚了一点。

香君已去，只余一片伤心。

万古凄凉。

唯有这样，他们的怨才能得一个释放，可以怨天，可以怨地，可以怨自己生不逢时，怨战时什么都要破碎，却留下一份完整的情，看紫陌红尘万里，我这样来过。

陆小曼在《哭摩》里写："从此我再不信有天道，有人心，我恨这世界，我恨天，恨地，我一切都恨，我恨他们为什么抢了我的你去。"

刚烈如李香君，必然也有这样不说的恨。若侯方域也有同样的恨，还可以让九泉下的香君瞑目，以慰红颜。

这是我认定的结局，认同的佳话。

民间总是极力地把香君的故事变得丰满，不惜用一个又一个的传说来掩盖平淡而伤感的真相。关于他们最终的结局，还有两种不同的说法在流传。

一种是李香君和侯方域终于在苏州相遇，他们颠沛流离，尝遍了人情冷暖，可怜这对倍受相思煎熬和命运捉弄的有情人，被一个老头当头棒喝,两人看破红尘后各自出家,一个在北山之北,一个在南山之南。

这也是孔尚任《桃花扇》里的结局。

这个调太激昂,弦易断,它只是一种平和圆满的愿望,是旁观者对尘世的寄托,倚曲相和,她是红尘的音符,不会空悬壁上。

还有一个结局,李香君和侯方域团圆,后来侯方域变节南下,香君被赶出侯府,心碎而孤寂地死去。

无限悲凉,把美好全部毁灭,是彻底的悲剧。

却仍然不像香君。

不过顺治八年,侯方域参加了乡试。堂堂的复社四公子之一,居然耐不住寂寞欲谋清代的官职,在当时来说,的确是"变节"之举。

明亡后陈贞慧隐居不出、冒辟疆放意林泉、方以智出家为僧,还有杨龙友抗清殉国、陈子龙自沉明志,与他们相比,侯方域无颜并提。

若香君尚在人间,在他身边,一定会苦劝他对明朝守忠,自不会坐看他寻仕。若劝不成,或生离或死别,总之,必不会再与他共枕席,更不会被动地被人赶出来。

陈清远,号渠仙。他画中的李香君,没有任何背景衬托,他替她舍去了秦淮河上的烟波画舫,舍弃了媚香楼上的壮烈凄惨,还舍弃了奄奄一息时的茫然悲凉。李香君落在他的笔端，顿时脱离了世间炎凉，那些沉重的风霜与她无关，她只是清新脱俗的小女子模样，沉吟书卷上的词句。窗外处处温良，她眉目间一派安详，映衬着时光都缓缓，一寸一寸不忍移开。

香君这个香扇坠，竟是系在大明朝江山上的，血染的桃花扇，也成了坊间开不败的凄艳。香君去世后，桃花扇也失去了踪迹，寻常猜测是被香君带到了墓里，这一含情含志的信物，她是不舍得丢下的。

于是冷冷清清的香君墓开始不安，多次遭受劫难，只是彻底挖掘，也没找到桃花扇。

民国初年，收藏家张伯驹见过这把桃花扇，但也只是见过而已，后来的下落依然成谜。

不知道此番，它暖在谁的掌心。

我倒觉得，茫茫人海，漫漫红尘，与其苦寻那把桃花扇做收藏，远不如遇见一个肯为你画桃花扇的人。

【人间亦有痴于我
岂独伤心是小青】

花若离枝·长歌

有那么一段时间，我喜欢在画册里找顾洛的画来看，皆因为他生平作画未尝重稿，也未授一徒，真是倔强也孤傲。有这样担当的勇气，有这份从容不羁的畅意，像人生要走的路，绝没有重来的机会。平仄的雪落雨滴，浓淡的树影花阴，也都没有彩排的可能，匆匆开了场，此后全是随性天意。

这样的人，是不怕有遗憾的，面对所有的不完美，他仍然用风中的阔笑面对。仰起头来，天日疏朗，白云悠悠，背过身去，也是坚毅如山，独对心中涓涓细流。

都说百炼钢化绕指柔，却总有人，为珍藏纤缕温柔，而炼就浩浩刚强。

所以，看他画时，不仅看那一描一线的浅，还要寻觅着归期，留恋一抹沉静的画意。

《小青小影图》以淡墨写意绘庭院中的树木竹石,清冷的韵味铺得满院满枝满心都是。圆月窗内,素帘挑起,露出一个女子的瘦影,孤寂着坐在案几旁,桌上是打开的书卷。她神色凝重,略带叹息,似有万般心事,和景物晕染在一起,纷纷扬扬都是孤寂。

冯小青,历史浩渺的风烟中,她留下的痕迹越来越淡。清初《女才子书》中记载,她本名玄玄,明朝晚期人,大致生于万历年间。

她的故事沉浮于张岱的《西湖寻梦》,而更多的,却是落在了画卷中。多少名家都不舍她的诗意,她只简单的四句诗,关于女子幽寂孤独的深闺愁怨,字句间不拈任何实景,光一个冷语幽窗,就引来了多少男子一瞬间怜香惜玉的柔肠。从顾洛到王素,再到清末的沈心海,他们都认定庭院深处小轩窗内,清瘦的女子就是那时的小青。

冷雨幽窗不可听,挑灯闲看牡丹亭。
人间亦有痴于我,岂独伤心是小青。

小青佛舍在西湖,而今,西湖早已没有了这一景。

小青的一生很短,虽然有婚姻,却仍然没有走到十八岁。
她是扬州女子。父亲儒雅慈爱,官至广陵太守,母亲是大家闺秀,诗文琴弦无所不精,他们的明珠女儿自然是出落得资质不

花若离枝·长歌

小青小影图 清·顾洛

凡，仪表风姿有仙人落在尘埃般空灵的慧洁。

小青十岁那年，太守府里来了一个化缘的老尼，似乎走了很远的路，却不见风尘仆仆。慈眉善目的老尼见了小青很是喜欢，口授她《心经》，只一遍，小青就把经文一字不差地诵了出来，声音平稳，面容端严。

老尼对小青的母亲说："此女早慧福薄，恐怕生命难以长久，不如随我出家吧。"

小青的母亲自然是不同意，还觉得她胡言乱语惹人不快，老尼临告辞又说："千万不要让她读书识字，否则她必不安稳。"

张岱在文章里把这一节写得极简单，没有任何情绪，我看了却有一点沉郁之气。出家人不打诳语，也许她真能窥得命运轮回里注定的天机。小时候看道济看法海，看《西游记》，总觉得清修之人是有些灵通的，他们不说是因为说不得，他们说了，就必定有个因。

可我不喜欢他们说出来，包括《红楼梦》里的一僧一道，好像大观园里的情节都是由他们带动和安排的，演不下去了他们就亲自出场，或安线索或解扣，说出来的话，总显得冷漠无情。

因果相连，万事成空，无业不下凡尘。既然有命运主宰，那就该由着他们在人间完成天定的局。

那时候年岁小，看见老尼这样说，心里就懊恼。她一定是故意来的，故意说这些话，有了这样的暗示，让垂髫少女如何及笄？

小青一天天成长，聪慧异常，喜欢读书，闲时弹琴或者下棋。画堂深处日影静，呖呖莺声嘤鸣，年年岁岁花相似，日子清丽得如在粉腮上晕开的胭脂，娇弱羞怯，只待春情饱满，为一纸盟约盛开。

正是建文四年，燕王朱棣夺得天下，一朝天子一朝臣，先帝信任的人，无疑是新皇最先要铲除的根系。

冯家被灭族，小青恰好随一远房亲戚杨夫人外出，幸免于难。这场变故不但让她成了孤女，还要四处逃避，后来暂居在杭州的冯员外家。

女儿柔肠，与世无忧的小青顿时有了驱不散的忧郁。

冯员外有儿子名冯通，已娶妻，颇有文采。元宵节制灯谜，他写出来的谜面不但有情致，而且有声有泪有怜惜。

话雨巴山旧有家，逢人流泪说天涯。
红颜为伴三更雨，不断愁肠并落花。

小青想到了自己的遭遇，顿时有些痴，冯通看在眼里，心里漾起无限爱意。这是他们第一次见，彼此不犯。

几天后，一场大雪突至，梅花正艳，小青去梅蕊里集雪以烧茶。这样的情节，似乎有情调的女子都喜欢，包括《京华烟云》里的姚木兰，《红楼梦》里的妙玉。梅花瓣上的雪，荷叶上的露

珠,旧年的雨水,不知道用这些来泡茶,会有怎样的与众不同。总觉得她们图的不是味道,也不在乎味道,这事本身就无比风雅。人已如仙子,再于清境中一点一点地集与天地精韵于一体的心泉,本身就是一场瑶台盛宴。

　　冯通也爱梅花,这本是人家的宅院,种植大片的梅花也是为了踏雪而来,让人远远欣赏。梅花年年花开,唯独今岁不同,因为清寒的梅林里,多了一个素衣的女子,目光里闪着梅香的轻柔,楚楚有致,风姿无双。

　　或许只是因为这一幕实在不同凡俗,冯通沿着雪地上的足迹,含笑地朝小青走过去,话语轻轻,两不孤寂。他们自然而然地说起了梅花说起了雪,彼此陪着一起扫雪赏梅话诗词,不免觉得这场雪下得实在有情有意。

男人雅致起来，也是隔墙伸出去的桃花，再矜持的女子，都会忍不住抬起头来赏几分。

佛罗伦萨是意大利的一个城市，徐志摩却把它译为翡冷翠，并写了《翡冷翠的一夜》。一个用心捂暖了的名字，充满让人怀想的诗意情调，也难怪林徽因和陆小曼都为他动心。

小青嫁与冯通为妾，全家人都怜爱她，只有原配崔氏怀恨在心。

若不是家庭变故，小青这样的名门之后，是不可能嫁入经商人家的，更何况还只是个妾。

张岱写小青"误入武林富人，为其小妇"。也还是有些不妥，命运里没有什么误不误，就是这样的安排。色不异空，空不异色，小青嫁给一个有情人，总算结束了寄身的日子，有了名正言顺的家。

崔氏不是等闲之人，娘家是同城首富，生意往来中两家多有牵连。因为她有正妻的名分，所以对小青刁难谩骂。饱读诗书的人往往对此招架不住，连说都说不周全，只得忍受。

冯通也不能时常来陪她了，小青只好把委屈苦楚化成诗词，写下"雪意阁云云不流，旧云正压新云头"。

被崔氏看见，总算找到了驱逐她的把柄。在那个年代，女人善妒可休，妾不尊妻可逐。崔氏不依不饶，一定要冯通把小青送走。

小青被送往西子湖畔的孤山佛舍，那里风景秀丽、幽雅宁静，紧邻林逋栽梅放鹤的园子。她在那里度过了人生的最后一点时光，重要的是，从此后，她再也没有见过冯通。

清代曾有小说里的人发感慨："当初娶这两房，原是我自家不是，为甚么定要有才有貌？都是才出来的烦恼，貌出来的灾殃。"

可这话都是说给别人听的，放到自己身上，宁可为了才情惹烦恼。

就像说女子无才便是德，那只是说给读不起书的人的，但凡有点见识的人家，还是会让女儿识字。

据说这时候的小青精神就有些迷离恍惚了，她经常坐在池边与自己的影子对话。她实在太寂寞了，需要关心和安慰，她把影子当成另一个人，一个可以永远陪着她，不离不弃的挚友。

这些还不够，她找了一个画师为自己画像。第一稿，她静坐在梅花树下纹丝不动，画出来眉目无二，却神韵全无。第二遍，她尽量自然微笑，心里想着美好的憧憬，落在画上仍是不见风态。第三次，她如往常一样，或佛前念诵，或树下抚琴，或堂前烹茶，或案上临书，再看那画，小青仍是立于梅花树下，盈盈浅笑，淡淡含愁，一模一样的神情，呼之欲出。

新妆竟与画图争，知是昭阳第几名？
瘦影自临春水照，卿须怜我我怜卿。

小青把画像挂于墙上，持梨酒端杯祝拜画中自己，嘴里唤着"小青，小青"，却早已哭到伤心已绝。世上有了这画像，便收走了小青。

冯通闻讯赶来，抱着她的遗体大放悲声："我负卿，我负卿。"小青听不到了，画中的人，也永远不会应。

他把小青的画像和诗稿带回家中，像宝贝一样珍藏了起来，但没过几天便被崔氏搜了出来，丢进火中焚烧，冯通只抢救出一些零散的诗作，后来结集刊印，名为《焚余集》。

后来有人编撰《醋葫芦》，还专门写了小青把崔氏告到了地府，让人看了只得一笑。这案子是人们为崔氏立的，无关小青。小青生有怨，死无言，即便有机会，她也绝对不会上天入地去告另一个女人。

《女才子书》中评价小青说："千百年来，艳女、才女、怨女，未有一人如小青者。"

她如此脱得红尘。又怎么会做那等俗事。

生时摆脱不了的纠缠，死后不会再苦追。她诵了多少遍的《金刚经》，好不容易有了这样的解脱，她又何苦再跳入旋涡里。

一切有为法，如梦幻泡影，如露亦如电，应作如是观。

【自叹多情是足愁 况当风月满庭秋】

一切还没来得及开始,就已结束。

大唐的盛宴是国色天香的牡丹,灿灿的,带了年岁的香,染就了美人们斑驳的红妆和诗心,沉淀到最后,国运已然衰微。她生在这个时候,只是一个底色里寂寞的红颜,拼尽了心思去爱,却和他,隔尘相望,两段天涯。

她出生时,他已经三十二岁了,彼此两不知。若能永远两不识,也许,便不会悲伤,她就可以如寻常女子一般,充满期盼与欣然地过平淡的沉稳岁月。

她生长于书香门第,是不沾风雨的闺秀,偏偏父亲穷其一生却功名未成,于是所有的心血放在了这个独女的身上。她五岁就能朗朗地背诵上百篇诗章,七岁学作诗,十岁已才名满长安,被人誉为"诗童"。

那是诗人辈出的唐朝,那是繁华鼎盛的长安,她门前灯下的习作,让她成了这世道间的殊色。

我在想,若她的父亲不允许她读书识字,而教她现实中可用的缝补刺绣,是不是她的心就会平和些,没有那么多的婉约,此后的道路,也就不会那么艰难。

然而没有如果,她注定了不寻常。她不但有才情,而且美艳,即便她此时想藏在深闺,也不可能了。

所有的美好,都源于那个早春的江边。那天风犹轻寒,枝舞莺穿,细芽萌动。她的心,也跟着饱涨起来,她的影子投在水里,若镜里沉思,梦中回转。

他从远处走来,一身青衫。他的眼睛明亮,声音低沉轻柔,他轻语:"幼薇,我是慕名而来。"

她有一个很好听的名字,鱼幼薇。

总得等到他出现,我才愿意把她的名字写出来,在她短短的一生里,他唤着她名字的那些时刻,才是她心里永存的温暖。

而他,则是名满天下的大诗人温庭筠。

此后她固执地唤他飞卿。

温飞卿是第一个专力于"倚声填词"的文人,其词多写花间月下、闺情婉约,形成了以绮艳香软为特征的花间词风,所以被称为"花间派"鼻祖,对五代以后词的大发展起了很强的推动作用。

他才思敏捷,晚唐考试律赋,八韵一篇,据说他叉手一吟便成一韵,八叉八韵即告完稿,时人亦称他"温八叉""温八吟"。

他诗词兼工,诗与李商隐齐名,并称"温李",词与韦庄齐名,并称"温韦"。

他虽以词赋知名,然却屡试不第,曾代人作赋,扰乱科场,又性喜讥刺权贵,多触忌讳,还不受羁束,因此一生坎坷,终身潦倒。

这样的一个人,在外游历大半生,又为仕途来长安,没有为功名算计,却来拜访一个小女孩。

真是小,她才十岁,他已四十二岁。

他以"江边柳"为题,让幼薇赋诗一首。

他们两个人的个性都极其鲜明,飞卿有扫尽天下的清狂,幼薇有新荷出水的孤傲,初次相见却都把棱角收了起来,对面而立,是那般云淡风轻的融洽。

她微微一笑,手指绕过刚出新芽的柳枝,站在他身前这块避风的地方,目略低,唇轻启。

翠色连荒岸,烟姿入远楼。

影铺秋水面,花落钓人头。

花若离枝·长歌

元机诗意图 清·改琦

根老藏鱼窟，枝低系客舟。
萧萧风雨夜，惊梦复添愁。

飞卿反复吟念，心中狂喜，这个女孩子，他要珍惜。
这是他心里的话，她听不见，她用了一生的力气，也没能听见。

皇甫枚在《三水小牍》里留下了鱼幼薇的影子："色既倾国，思乃入神，喜读书属文，尤致意于一吟一咏。"
我与这样的幼薇在改琦的《元机诗意图》里撞了个满怀。她衣着清雅，素妆匀面，坐在花藤椅上，手捧书简，若读、若思、若念。眉宇间那份端庄和清逸，让人无法忽略。

他们亦师亦友，一起填词度曲，一起作诗清谈。谈及未来，飞卿总是沉默叹息，幼薇却是充满期待，很快她就可以长大，长成可以和他并肩的女子。他要做官，便陪他，解语温香。他若流浪，便随他，风雨不弃，只要在一起就好。
飞卿后任方山尉，离开长安。
在那个早秋，她在洒花笺上写下心事，浓墨深情，那么惊心。

思妇机中锦，征人塞外天。
雁飞鱼在水，书信若为传。

女儿家的忐忑和热烈，全在其中了。她以为他懂，他该懂。

丈夫在古道西风的塞外，妻子在家夜夜织机，把所有的想念牵挂和惦记，都在那一梭一线中密密麻麻地缀进去，也打发了清寂孤寒的夜，有多少怨多少恨，多少悲情和委屈，都在那长夜中一一诉得清楚。

这时的幼薇，千般的愿望都是陪伴，她等飞卿来牵她的手，等得安然。岁月对于她，还那么悠长，她以为，手里有那么多可以握住的时间。

他是懂了，但他不会转身。

幼薇的明艳是他心里隐隐的痛，他年老貌丑，心里有一种卑一种怯，她还有那么多的好年华，不该由他来暗淡。

那个出身名门，状元及第的年轻才子，才该是配得起这才貌双绝的粉面玉颜。他说着春风满面的祝福话，她含着眼泪把自己嫁了。若能让他从此安心，那也罢了。

那年她十四岁，做了李亿的小妾，不愁嫁的年龄，不愁嫁的身段，却嫁得这么轻绡。

唯一的筹码，就是一定要幸福。

李亿的妻子裴氏从家乡赶来，妒不相容，用藤条把她按在地上毒打。

再委屈也是难以求全了，李亿还是写下了休书，那个被大唐才俊慕着的才女鱼幼薇，只短短数月，便被无情地扫地出门。

很好奇李亿在休书上给她定的是"七出"里的哪一条，或许"七出"之罪只是对于正妻而言的，大概任何理由都可以打发一个妾室吧。

走投无路的鱼幼薇只得寄身咸宜观，夜伴青灯黄卷，万般苦楚不肯诉。是不肯啊，她和飞卿鱼雁往来诗作相合。她写"门前红叶地，不扫待知音"。

世上所有的人都可以来感慨可怜她，独他不能，她要的是他怜之惜之爱之伴之。

像她这样，想起他是密密匝匝的疼痛，但还是等着盼着，给自己一个幻想的空间。

我在等你，只因你是我的知己，你是唯一，无人可替。

她随着他的影子在外面兜兜转转，却终是没有唤回他。

她二十二岁的时候，温庭筠因困顿失意，流落而亡。
"君生我未生，我生君已老"，等我追随你脚步的时候，却再也追不上了。

"易求无价宝，难得有心郎。"
她最终看破。
二十二岁的她，心上脸上都已添了拭不去的风霜，她重新回到咸宜观，净手焚香，她要用另一种方式把自己埋葬，她写下"鱼玄机诗文候教"的告示贴在墙上。
从此世上没有了鱼幼薇，那个被父亲唤过，被飞卿念过的名字永远成了过去。她改名鱼玄机，把幽柔心事折了又折埋在心里。
大开艳帜，又一次名冠京华。

唐朝的道观，并不是严格意义上道家修炼的地方，它更像一个世外的居所，不问时政，不理米价，只是煎茶弄墨，诗友往来，自由得让人只觉俗尘琐碎。连唐玄宗的胞妹玉真公主都居观出家，她的道观够豪华，却没有王宫礼节的羁绊和人心的叵测，她和才俊往来，诸如王维、李白、高适等，俱是她的观中常客。身份在，尊贵在，还得了自在。
而鱼玄机，她本能地再次退到这个世界里，洒出满天的桃花笺，把那时的月色搅得沸沸扬扬。那些文人雅士，风流才子，把这个郊外的清静地，汇织得车水马龙，笑语喧喧。她越巧言媚色，傲然不羁，越发引得那些男人追逐。

每每夜深人散去，月高林深鸟亦归，她就一遍一遍在纸上写他的名字，把所有心里的压抑和无助释放出来。

她被飞卿拒绝，被李亿抛弃，也想游戏人间，情爱都是镜花水月不可寄托，可为什么，心里仍然放不下？

如果割舍不下一个人，是不是就有爱存在？

鱼玄机的结局被记录在《唐才子传》里。她有一女婢名绿翘，也有得几分风雅韵致，趁鱼玄机外出，和她看上的男人私混，被鱼玄机发现后，鱼玄机选择了用藤条狠狠地惩戒她，可是绿翘伶牙俐齿，反讥她年岁已老遭人弃，再风流也不过是明日黄花。

鱼玄机愈加恼怒悲愤，失手打死了绿翘，悄悄埋于后院紫藤花下。恰是蝉鸣蛙叫的夏日，一切还是露了形迹，被来访的客人报官捉拿，落在了昔日欲近她身而不得的裴澄手里。

行刑那天，已有了秋天的感觉，围观的人围了一层又一层。她微微笑着，再也没有留恋了，尘世的一切早已厌倦，不过是用残留的生命惩罚着自己。

爱着不能爱的人，还要焚泪燃心地爱，这不是惩罚，又是什么？

她比他晚走了两年，来生，许一个青梅竹马的愿吧，不枉费这一生，苦苦地爱过。

终还是没放下。

还有一种传说，她被救出狱，改名虞有贤或鱼又玄，从此隐居虢州。

也许这样才更温暖些，这是世人对她的劝慰，总要隐起来才能护得周全，这也是红尘世人一个平和的期盼和峰回路转时别开一线的生机与喜气。

弹指一挥间，时间大片大片地过去，世间早已没有了鱼玄机，但关于她的传说却始终在继续。那段风流是文人墨客茶余饭后的谈资，聊以慰藉生不逢时未能相识的感叹，仿佛她就在不远处微微笑着，不恼不怒，芳华卓艳，总有人懂的。

因避康熙帝玄烨的讳，这一时期，鱼玄机还被称为鱼元机。

一个极偶然的机会，改琦在好友黄荛圃那里看到了一幅余集画的《元机诗意图》，他颇有感触，一时兴起，遂提笔凝神，绘成此图。

在改琦的这幅画里，不见丝毫的放荡，只是一个小女子静日里的闺阁闲逸。此图设色古雅，透着生气，把多才多感刻画得传神不已。除了一人一椅，一书一思，再不费其他装饰。

就这样，无端地，让人艳想了千年。

改琦是清代一位很潇洒也很大气的画家，成名很早，宗法华岩，喜用兰叶描，仕女衣纹细秀，树石背景简逸，造型纤细，敷色清雅，创立了仕女画新的体格，时人称为"改派"。

对于历史上这些不幸的女子，他有着自己的解读，除了鱼玄机，他还画了晋代石崇的家妓绿珠、蜀中名妓薛涛、秦淮名妓卞玉京。

他还创作了插图作品《红楼梦图吟》，绘制了文中五十五人的形象。与他其他的仕女画相比，《红楼梦》里的人物画更富有生活气息，除了画意，似乎还能听到大观园里的声音。这一作品的出版，使他的绘画从达官贵人手里更多地显现于民间。

停笔长思，又到黄昏，夏日的浮躁渐渐消退，晚风筛过浓密的树叶，涤荡了尘埃里的火气，落在窗前，已有了相知的安然。似乎就等这一刻停下来，收起跋山涉水的流浪，栖息在这尘世的角落，写一句注脚，落一笔眉批，带着紫薇的香气，朱砂的绝色，与你话白头，更话相依。

平凡屋檐下，我总在日暮时分，将长发绾成髻，燃一炉清浅的沉香，泡一杯雨前龙井，随手翻阅案上的书。开着窗子，却听不到车响人声，偶尔可闻鸟鸣，又似关关雎鸠。抬头看去，灰墙上竹影斑驳，分明留着一节箫声。四顾相寻，天色苍茫，只有庭中的石榴花，守候着晚归的人。

花来衫里，影落池中，喧嚣红尘里，此时，我们是同一种心境。手执书卷，心素如简，不管朝来暮落如何匆匆，至少还有这样的三分淡泊，一点安宁，照拂着心里古老的深院，静观尘岁，莲心不染。

【独立小桥风满袖】

秋天是适合回忆的季节,从第一枚树叶离开枝丫飘向红尘的忘忧崖开始,那树上就留了一个裸露的疤,也只是骄傲又倔强地向上高举着,不轻易让人看见。只有风能听见那一声剥离时的叹息,也只有风知道那里守护着多少期冀。当寒冷冰封了伤口,还会有希望从疤痕处萌生,等着春暖花开,等着那份温暖,那份拥抱。

费丹旭是清代著名的画家,字子苕,号晓楼,晚号偶翁。多工写照,亦做花卉山水,如镜取影,有"费派"之称。他笔下的女子,被唐时的明月照过,被宋时的词风熏过,又被江南的烟雨润着,在那景色中,素妆清淡,独对自然。

他就在水边山色里,用一份默默无语的懂得和珍惜,完成着圣洁的画心。他生逢清末,往来阡陌里隐藏着日落山河的萧索,他把那些女子与现实的冰凉隔开,留一份独属于她们的无人能取代和摧毁的旷境，那是他心底深处的桃源。

所以在我心里，他更似是临池的守莲人，一笔一画，细腻柔婉，读来只觉蕊气逼人。那端然于世的，分明是静默在红尘柳堤下的翩转倩影，每一朵风中摇曳、月下忧伤的莲，都是一个女子幽柔沉婉的心事。他表达的，不仅是那个纸上盈盈楚楚展现在你面前的修眉鹅面，他是连同前因后果的故事，连同前世，甚至更久远的印迹，一并舒展。

他的画，似雨后的词章，几多缠绵和惆怅，总有一种浅浅的痴和淡淡的怨，总是在不知不觉间把人弥漫。辨又辨不真切，挥又挥不去，只得狠下心认了这无由的牵引。那画不再有框架，那人不再遥远，那故事，便也徐徐地有了开端。

也是这柳岸花堤，九曲回廊过芙蕖。初夏时节，没有花的妩媚芬芳，只有莲子又一季饱涨的回忆。

吉时已到，喜娘拿过红盖头，笑吟吟地一边说着长长久久的吉祥话，一边轻轻往新娘子头上搭去。梳妆台前一直端坐的她忽然抬起了低垂的双眸，打量着镜中似乎有些陌生的自己。螺子黛的柳叶眉，珍珠粉饰的桃花面，朱砂红的口脂，里面合了玫瑰花露。从发丝到脸上的一描一画，都精致而隆重，与往常的她大不相同。

母亲说，女子的一生只这一天最贵气，如正宫里的娘娘，可以亮堂堂地用大红的颜色，可以不用露面地张扬。过了这一天，女人就总要受着拘束，心要往里收。

今天是她的好日子，凤冠霞帔加身，琳琅环饰都是真金玉真珠宝，嫁衣更是父亲用最好的绸缎，请杭州城最贵的裁工和绣娘缝制的。从喜娘赞叹的语气和眼神里的羡慕就能知道，她这个婚事在旁人眼里，是几世修来的福分，天生的好命。

她耳边听着这些雷同的话，缓步上了轿子，心里仍然是淡淡的。从应下这门亲事起，她就一直这样，没有父母那样的欣喜与忙碌，也没有要做新嫁娘的娇羞和憧憬，倒也不悲不惧，多是无奈的顺从，不再衡量和分辨。

她拿着合婚庚帖，就像接了邀约的戏子，选定了时辰，上了妆，搭好戏台，粉墨登场就够了。至于日后用多少心思多少情感，她也不知晓，还要看和她同台的那个人，是否能踏在同一个鼓点上。反正在这一刻，她只是受父母之命去完成人生的一个阶段，红尘里走上一遭，谁也跳不出三界外。

可毕竟要告别了，与从前的生活，再确切地说，是与从前的自己就此说分离，离开这个从小生活的家。最后这一眼，菱花镜、团寿窗、喜上眉梢的檀木床、映莲霞的帐子，还有她窗下的书案。她刻意没有收拾，象牙的镇纸下压着的诗句只得了三行，砚台里的墨还饱满着，就像她写字累了出去透透气，很快便回来。

她叫吴藻，家里富甲一方，尽管盖得起亭台楼阁的深院，吃穿用度皆奢华讲究，可是府门仍旧得恪守朝廷的规定，不敢逾越半分。父亲是地道的商人，家里也无人工诗书，但对文人风雅之事却很是看重。吴藻幼时冰雪伶俐,诗词诵读颖慧异常,于是父亲花重金聘名师教她读书习字,进而琴棋书画,吟诗作对,谱曲撰文,竟无一不通。

本就在朱门大户里长大,父母宠爱,很少给她立规矩,也没有家务生计需要她烦心帮忙,她可以自由自在地按照自己的性子和爱好打发日常。教书的先生给她取字苹香,后来她自号玉岑子。除了唐诗宋词,她也读元曲和明清小说。人在画堂深院,日复一日,心却是丰盈的,知道什么是人生的长情,心里有她自己的路。

她的阁楼正对着后花园,曲廊池萍,漏窗湖石。当年父亲请的治园名家设计,又经过十余年光阴的滋养,里面春生百花秋问月,芭蕉待雨,雪映红梅,四季有景,且时辰有别,光影下的园子又有深浅不一的变化。这些对于一个诗心繁茂的妙龄女子来说,要浪漫抒怀有,要情感寄托有,要明志峥嵘有,要哀伤自怜也有。

古时有些大户人家不让女孩读书,怕的是女子读了书心便不安分,所思所盼过多,所以自古才女多苦闷孤寂,难抛愁绪。然而一旦脱开世俗的枷锁,她可以比男子更从容,不必苦读诗书卖与朝堂,不必寄予功与名,就是眉间的书卷气,骨子里的画意诗情,怎么看,都比一朝争艳的春花长久。

所以吴藻是幸运的。执笔落墨,她不需讨好,就以赤子之心单纯地以文字出世入世,做她经渡光阴的不系之舟。所以高墙里的她,平和宁静,坦然开阔,处处待以深情。或是抱琴梅树下,

你可记得我倾国倾城

柳下佳人图　清·费丹旭

或是对月望盛唐，或是牡丹花前描一笔天香国色。听到落雨，便急着换了粉白的裙衫，撑伞去九曲上的亭台伴荷。烟雨朦胧里，她轻不胜衣，偏就是要这份袅袅如仙，好脱了凡胎离俗而去。

夜深同花说相思，恰逢燕子也语几句俏皮，少女时光的轻快绵软就是这么难藏。

燕子未随春去，飞入绣帘深处，软语多时，莫是要和依住？
延伫，延伫，含笑回他不许。

吴藻缓步走着，正是浓春时节，空气里有花的清香。原本熟悉的一切都被挡在了盖头之外，宽大的裙摆遮着脚面，连路都看不到。她听见燕子的鸣啾，想起当年写过的句子，眼里浮出了淡淡的水雾，到了这一刻才真实地感觉到疼痛。

曾经以为，快乐无忧的少女时光就是生活的全部了，她可以一边享受一边铭记。虽然知道及笄的含义，但笃定父母会顾及她的感受，只要拖过些许岁月，就能有自己期盼的那个良人，他芝兰玉树、饱读诗书，能与她折梅联句、并肩丹青，能与她共剪了西窗烛。那么，此生不做虚梦，再无所求。

直到父母催婚，媒人上门的时候，才有了说不出的惶恐。到底挣不脱的女儿身，要顺从命运的安排，做一个贴花的红颜，到那个陌生男子身边，让一辈子得以了断。

此时，她坐在敞亮的花轿里，这个十六人抬的喜轿，布置得花团锦簇，流光溢彩，门帘上是如意百子图。她听见前面的马蹄声，上面应是坐着与她红绳相系的男子，他们的缘分就是同为商贾，门当户对。

　　吴藻捏着手里装有奇巧八宝的麟囊，后面跟着她的十里红妆，黄家送来了不菲的催妆礼，父亲又足足给她添了三倍带过去，包括郊外的田地和闹市最好的绸缎铺。父亲说，以后一衣一饭不需仰仗别人，她嫁过去不用看人眼色过日子，尽可以舒心。

　　要这样还有埋怨，也实在是太不知足，恐怕连老天都要看不过去。吴藻温顺地点头，安稳地随吹吹打打的唢呐，进了另一家门第。

　　这一幕，何曾陌生，古往多少才情女子，也都是这样走过婚姻的。想到这里，她还是不由得把手里的帕子攥紧了些。毕竟她也是妙龄女子出阁，尽管已经二十二岁，在当地已是年岁大到不可再留，然而小女子的情怀和柔肠，她并无两样。

　　人生无常，也许以为看到了最终，打算以清简之心平淡过往，难再有大的变故和疏漏。却不知，恍过的每一个当下都有深意，印证着你的步履和前尘往昔。行经之处，不经意间皆陌路，没有谁能轻易看透，更难安排得周全，计划得清楚。

　　婚后第二天清晨，夫君带她到了南厢的书房，并且告诉她："家里并无好书之人,这是特为你布置的,只为你。"

这是吴藻心里最柔软的地方。原想认了这尘世宿命,学做阔气富贵的少奶奶,把笔墨安放在僻静的角落,想起来时,心还有个落脚处,不至荒芜。

可是门推开的那一刻,松香味缓缓溢出,她看着整齐净爽的文房用具,露出了小女孩般的神采。书架上的书也都是满满的,大概能搜罗到的,他都找来了吧,也不拘她什么能看什么不能看,只恐不够似的。更妙的是小院安静,院中有老树、墙上有紫藤、窗前留出光线,只在一侧的墙上映下数竿竹影。里外都没脂粉气,阔朗轩轩,自成格调。

夫君能给她的都给了,可是算起来,还是差了那一点文墨。还能写诗弄墨,自然是欢喜的,然而文学之士从来最怕自娱,她

需要交流、对应、品评、谈论，而这些，即使夫君的态度热情洋溢，却只限于一知半解地听。

吴藻兴致勃勃地把刚得的诗句念给夫君听，还没念完，情绪还饱满着，夫君却已打上了瞌睡。她仓惶地走出屋子，才发现从未想过的愁苦寂寞，此刻真实地笼罩着她，排山倒海，密不透风。

曲栏低，深院锁，人晚倦梳裹。恨海茫茫，已觉此身堕。那堪多事清灯，黄昏才到，又添上影儿一个。

最无那。纵然着意怜卿，卿不解怜我。怎又书窗，依依伴行坐。算来驱去应难，避时尚易，索掩却、绣帏推卧。

多年的诗书润泽，她的情感细腻深沉。这首《祝英台近》是她忍着泪，把自己的心境凄婉地陈说。她也不得不承认这个事实，她和夫君同床共枕，相伴不疑，但是没有相投的志趣，连共同感兴趣的话题也越来越局限于今天的饭食和明天的天气。

她改变不了谁，就如同她也改变不了自己。书卷才气是她最好的梳妆，少了这些，人也变得黯淡沉郁。落花兜头扑下来，人也瘦了三分。眼见着成章又是连绵哀伤，萧索支离，夫君提议，出去走走吧，约亲访友，人也活得松泛些。

吴藻也有了兴致，城里识字的女子不少，若下个帖子也像大观园里的诗社似的，逢上巳或花朝，或者采莲观灯，或者其他什么有趣的名目，大家聚在一起雅玩，对诗联句，岂不是一大幸事？

姐妹们聚起来了，果然人人都乐意，可却只能聊聊戏文故事，说说传奇里的爱情和天命，掉几滴眼泪。说起作诗，在吴藻面前，这些只读过女四书的女子，却只能笑着摇头，低首无语。

吴藻也只能长长地一个叹息，独自挥毫，写下长篇的诗句，往亭子里一丢，怅然而去。

偏巧她的诗作被一个喜诗的文人捡去，很快又在才子们手中传递，于是玉岑子这个名字开始作为才情的代表渐渐传播开来。街头巷尾的百姓还在回味着黄吴联姻时十里红妆的盛景，园林曲水边的雅集里，已有了吴藻信手拈来的清词妙句。他们常常薄酒佐月，香茗赏曲，游船远郊，兴尽方归。

吴藻是这里面唯一的女子。当初接到邀请时，她忐忑地放在夫君面前，也没料到他这么通情达理地应允。虽说文人止乎礼，可她是已婚的女子，上有公婆中有姑嫂，混迹于一群男人中间，到底与世俗礼仪相悖。夫君在家里帮她担下了所有的压力，放她在外面自由飞翔。

她匆匆地感激了丈夫的理解和宽宏，一门心思把乐趣都放在了家外，为了行动更方便，她干脆置办了一身男装，作翩翩书生的打扮，俨然一个戏台上俊俏的小生。想着台词，加上演戏的心一起，怎么也停不下来，甚至忘了哪个才是真实的自己。

我待趁烟波泛画桡，我待御天风游蓬岛，我待拨铜琶向江上

歌,我待看青萍在灯前啸。

呀,我待拂长虹入海钓金鳌,我待吸长鲸买酒解金貂,我待理朱弦作幽兰操,我待著宫袍把水月捞。

我待吹箫、比子晋更年少,我待题糕、笑刘郎空自豪。

因是女儿身,就要软弱娇婉,攀栖乔木,生活定格在一个狭小的地方,听从别人的安排。吴藻不忿这种命运,她扭转不了乾坤,却还有一支笔,抒一抒不让须眉的凌然之气。所以她自制乐府,倾心创作了单折杂剧《饮酒读骚图曲》,在里面直书心意,且唱且啸,一吐胸中不平,酣畅淋漓。

据说此剧一出便迅速红遍大江南北,江浙沪梨园争相传唱。与惯常的才子佳人不同,以一个女子的形象吟阳刚之声,那种悲愤的力度,无可奈何的挣扎,就在这短短的唱词中喷薄若红日,不能等闲相视。

而这时的她,又恢复了吴藻的身份,因为夫君骤然离世,十年的婚姻戛然残缺,膝下亦无子女。尽管夫君不曾是她珍惜的知音,却是她一直倚仗的支柱,世上最包容她的这个人,永远地去了。

巨大的伤感随之而来，失去后才知重要，却没有机会重来了。于是，心忽然就苍老了，她不再喜欢喧嚣，反而眷恋这空落落的院子。平静生活，稳妥光阴，原本那么近，又那么难得。

　　一卷离骚一卷经，十年心事十处灯。芭蕉叶上几秋声。
　　欲哭不成还强笑，讳愁无奈学忘情。误人犹是说聪明。

　　她焚香净手，用小楷抄写佛经，并慢慢整理自己的词作，先后编成了《花帘词》和《香南雪北词》。岁月喑哑无声，浮华于她，渐成逝水，已然凋零。

　　费丹旭和吴藻生活的年代完全重叠，而且他们离得很近，一个在湖州，一个在杭州，是否曾相逢，不必探究。他们个性鲜明，都用各自的笔墨抒发着自己人生里的寄托和感悟。这些情怀，被同一轮月照过，被同一场风拂过，被同一个尘世见证过。

　　泪别夫君的那一年，吴藻不过才三十二岁，瞬间看透了悲欢离合，再绮丽的文词也不抵他在身边时的一粥一饭，能单调地重复到白头，才是幸福。

　　心回来了，她自己清守，回望曾经的字迹，她坚持不矫饰，一贯的冷静质朴和率性，同时她又是执拗的。不妥协不割舍，就敢这么一个人，和前生名士，今生美人，在诗书折子戏里独唱，孤单到老，认真不悔，还有长相思，不能忘。

【一去紫台连朔漠　独留青冢向黄昏】

很多很多年以前，第一次听到古曲《妆台秋思》，顿时心飞神驰，深深地被它吸引了去。曲子里那种说不出来的荒芜和悲怆，丝丝缕缕如随风潜入夜的春雨一般，隐约就是一份遥远的寂凉，弥漫在周身内外。驱不散的苍茫与空旷，就这样冷冷地上了身。只觉得恍然已不在这个屋子，这个天地，仿佛穿越了几千年的忧伤，仍带着最初的无奈，透过岁月沧桑，红颜尽处，是谁的诉说这般凄凉？

那个梧桐叶落满小院的秋天，我坐在夕阳里听这首曲子，一遍又一遍。直到夜色苍茫，我仍然被这洞箫传递出的忧怨笼罩。

曲名叫《妆台秋思》，四个字念出来，流年深远，孤松独望，仿佛占尽了光阴天地江河的静美，还写着素净和温良。

大概有些情结与生俱来，我用细腻的心思，去收藏古典的风物，不刻意寻找，反而更在乎萍水之期。一直都固执地认为，心心相印不止存在于人与人之间，也存在于人与物之间。一颗柔软的心，与遗失的事物在红尘相逢，就像旧日的情怀重新被拾起，总是欣然若喜。

包括哀叹，也是让人惊心，只这个曲名，就让那晚的夜色变得苍然若泣。

只是最初，我以为这是一个相思的女子，在广袤的草原上念天地悠悠，她独自消瘦，一腔心曲无人可诉，不如在风中放逐，也许隔着关山万里，那个意中人还能听到。

听得久了，这曲子和人就会有一份痴缠，唯恐你听不到深处似的，跌宕起伏回环往复，暗扣着心脉。本就要让人听得落下泪来，凝神于悲哀的情绪无法自拔，可转瞬间又会被轻轻抛开，那悲也不是悲痛，哀也不是哀怨，却又成了极轻极柔的一丝惆怅。好像只是小女儿的情绪，一切都只因为这长风碧日、秋雁排空，阵阵袭来的凉意，这思念却是告别，是不舍。

之后才知道，这女子是王昭君，正走在出塞和亲的路上。

《妆台秋思》最早是琵琶文曲套曲《塞上曲》中的第四曲，后来才有了洞箫和笛子独奏。

昭君出塞抱的是琵琶，一路上弹奏不停，琵琶本就是胡人传入中原的乐器，用以表达塞外之情可谓从容畅意。

而箫却是出自古老的东方，采用的是"自然音阶"之律。如风入竹林，有淡淡的清寒，又若临悠悠秋水，飒飒含香，把昭君对故土亲人的留恋展现得更分明。

她是青山秀水养育的温润女子，生长在秭归县的宝坪村。在她之前，那里的山水还养育了伟大的爱国主义诗人屈原。

王昭君是小户人家的女儿，可她有绝世的才貌，汉元帝选秀女，她是以"良家子"的身份选入皇宫的。汉时，从军不在七科谪内者或非医、巫、商贾、百工之子女，皆为良家子。

世上的良家子实在太多，皇帝后宫里的白头宫女也不止一个两个，昭君进宫三年还没有见过皇上。

传说她不是没有机会，而是没有把握住。后宫里的女子，彼此认不过来，皇上也认不过来，每每有新来的，就先由画师去画像，再呈递给皇上过目挑选。

毛延寿就是这么出名的，他画功不错却有自己的小算盘，谁给他的钱财多，他就给谁好好画，否则就故意扭曲一点。偏偏王昭君就是个倔脾气，自恃相貌出众，也没料到他真有这个胆子欺骗皇上，深宫内苑原本就是最复杂不过的地方，她却心思单纯，也是有那股正气在，不助长这歪风。

结果毛延寿很不客气地在她画像的眼角下点了一颗伤夫落泪痣，估计不用皇上看，经手的人就先把她排除了，她直接进了冷宫。

花若离枝·长歌

昭君出塞图 清·倪田

三年后，北方匈奴首领呼韩邪单于主动来朝拜，对汉称臣，并请求和亲，以结永久之好。

汉元帝很高兴，着人问后宫嫔妃，看哪个愿意去。

看起来好像有些奇怪，影视作品里通常是要嫁女儿的，而且由不得自己选择，定了谁就是谁，推托不得，自然也不好争取。

"谁陈帝子和番策，我是男儿为国羞。"

和亲的建议原本是汉高祖时娄敬德提出的，当时西汉刚刚建立而匈奴势力强大，为了巩固汉朝的政权，缓和与匈奴的关系，在王昭君之前，共有十二个公主嫁到匈奴。后来的历朝历代，也都有不少和亲的例子，之前嫁过去的公主，未必都是皇上的亲生女儿，但一定是宗室的女儿加封为公主的身份。现在汉朝国力已稳，没有必要再那么认真了，反正后宫女子多得是，而且新人还会一批接一批地进来。

可毕竟要去的是荒芜、凄凉、遥远的匈奴，不仅要忍受远离家乡的孤独，还要面对一切的不习惯，而且此去就永远不可能再回来，想到这些，很多人都退缩了。

这个时候，王昭君自愿请旨，西去和番。烈烈英姿，肝胆相照。

皇上仔细想了想，娇娇盈盈的美人里面，没有丝毫这个女子的印象，顿时朱批，准了。

天地生人也真是巧妙，女儿是水做的骨肉，各自闪耀，汇聚地却极不单调。

唐代的女子在道观把世间放在掌中抛；宋代的女子在庭院倚着秋千望；明代的女子在画舫软语浅笑志比男儿高；而汉代的女子，帷幕拉开在永巷。

昭君随单于走上前，特来辞拜汉元帝。她一身新装，头上点翠，缓缓地垂首走到皇上面前，恭敬地跪下口呼万岁。这是她第一次见到皇上，而这第一次就是辞行，这在三年前无论如何都想不到的结局，如今戏剧般地出现在眼前。她的眼角有些湿润，却不敢落下泪来，心微微颤抖，是因为担了民族重任，是因为要从此一别万里，还是为眼前这个恨不得，爱不得的男人？

她抬起头来，眼里有盈盈的水波，素洁的脸上带着淡淡的哀伤，皇上见了她很是惊讶。没想到眼前人居然是如此的国色天香，胜过他所有的女人，他想把她留下，可金口玉言，他不能反悔。

情感在一瞬间产生，又必须在一瞬间忍下去。把毛延寿杀了又能怎样，什么都回不来了，人的力量是那么渺小，哪怕他是天子也一样。

汉元帝亲自上马护送她出城，一直送出了很远。

马致远的《汉宫秋》，有太多的虚构，里面描述到汉元帝偶然听见王昭君弹琵琶，于是两人得以见面，而且她成了宠妃，毛延寿躲到匈奴，怂恿单于来求娶王昭君，元帝无奈，只得眼睁睁

看着心爱的女子被别人抢去……

　　看这些的时候,总觉得像隔了什么,动不起真感情,这太不真实了,只不过是戏剧舞台效果的需要。可是每次听到皇上送昭君出城这一段,眼泪不由自主地就会掉下来。一个人的深情,就该是这样,能吞下万古情殇。

　　他、他、他,伤心辞汉主;我、我、我,携手上河梁。他部从入穷荒;我銮舆返咸阳。返咸阳,过宫墙;过宫墙,绕回廊;绕回廊,近椒房;近椒房,月昏黄;月昏黄,夜生凉;夜生凉,泣寒螀;泣寒螀,绿纱窗;绿纱窗,不思量!

　　呀!不思量,除是铁心肠;铁心肠,也愁泪滴千行。美人图今夜挂昭阳，我那里供养，便是我高烧银烛照红妆。

一曲《梅花酒》，让我与他同醉；一曲《收江南》，让我与他同泪。帝王的无能为力往往比平民的更让人心酸。他面对的是在自己宫中待了三年而不知，一见却倾情不止的她，无言的是，原本幽芳为己开的花，如今要被他亲手戴在别人的身侧。

别人以为他是为这一缕颜色一段香，更多的是他看到了昭君眼底的柔情和隐忍的微笑，款款轻轻。他似乎一下子就明白了，她寂寞深宫是因为爱，此番决然离开，还是为了爱。

从来没有一个女子能像她这样，转身的瞬间，苍凉中见悲壮。她努力地笑，回眸和他道别，一切都是君臣之礼。他也只是说些安疆定邦的感激之语，可仍然发泄出清晰的爱意。

她带给他的，不止是容颜的美，也是震撼，最重要的，是心里爱情的刚毅。

他知道他失去了他生命里最该得到，却永远得不到的一个别样女子。

从此，昭君三年里的孤苦和哀伤，在眼神分离的那一刻，转移到了元帝身上。

他用所有的力气承担着，他生平唯一的，也最遥远的爱。

古往今来，有关王昭君的文学作品近千，写过昭君的著名文人就达四百多个。人们对她充满了敬意,也充满了怜爱,很多诗作里的昭君一副哀怨可怜的样子,似乎受尽了苦难。

其实她和丈夫呼韩邪单于非常恩爱,生有一子,匈奴人也对她极其尊敬。三年后呼韩邪单于去世,依当地风俗她下嫁给呼韩邪单于的长子雕陶莫皋,他对昭君更是疼爱有加。在生活上昭君没有受到丝毫委屈,只是她离家千里,异乡异俗,总是会有剪不断的思愁萦绕。

汉朝的送亲队伍,把她送到了雁门关。

雁门关外,匈奴的迎亲马队早已久候。

自汉高祖刘邦始,雁门关处就多风云,武帝时的名将卫青、霍去病、李广等就是在这里布兵驰骋抗击匈奴,立下了赫赫战功。这里群峰挺拔地势险要,昭君一步三回头,步步凝望。脱下汉家的裙襦,摘下头上的钗环,披上厚厚的斗篷和皮草的帽子,跃身上了马,坚毅地看着广袤的荒原。

昭君走过雁门关,从此这里遥城晏闭,牛马布野,三世无犬吠之警,黎庶无干戈之役。

平和安定,再无征战。

汉元帝在送走王昭君后不久便一病不起,也许和昭君失之交臂是他平生最大的悲痛,足以让这个"柔仁"的帝王伤了龙体。他的痴情来得太晚,偌大的汉朝安不下他一颗藏了爱的心,留不住那个心仪的女子，就化为魂魄千里万里随了她去。就在昭君到达匈奴的三个月后，国家安定，日待繁荣，昭君在慢慢熟悉这里，汉元帝却在十里荷塘期微风的时节驾鹤西去。

柳永词中"一望关河萧索"说的就是昭君的思乡。

倪田的这幅《昭君出塞图》上，昭君已是完全的匈奴装扮，只是清秀的眉目还可见江南烟雨的飘落。望着结群而飞的雁，她羡慕得恨不得也能生出翅膀来，飞回家乡看一看。家乡的春天又该是柳绿花红，风也柔水也暖，她可以穿着新衣在河边弹琵琶，偶尔看一看自己的倒影，不好意思地笑一笑。女子就是有这样的娇，对着自己也会羞怯起来，小女孩的心性不泯，天地万物都来宠着。

可此时，雁鸣也悲凉，声声离伤，它们徘徊着飞去，好像也不忍见她眼睛里带泪的渴望。昭君下马来，手里还拿着鞭子，神色却已离魂。就给她这个地方，让她尽情地想家，尽情地想吧，想得四周肃杀之气升腾起来，寒意袭人，让看的人也想要一个拥抱。

倪田是画家也是商人，能随手挥洒不起稿，初师从王素，后改学任伯年，却比他更自由。写中带工，出其不意，落笔遒劲高远，有乡土野趣，笔不显而意满，景不实而韵足，传神之处不在貌，在点染的意境和古拙的生机。

夜已太深,我把音量调到极小,琵琶曲《昭君出塞》在月色里缓缓流淌。依稀可见,汉时的风霜里,如花如玉的昭君走在自己和亲的天涯路上,寒风萧萧,枯草连天,她是唯一的亮色。骑在马上目视远方,美艳而刚烈,那整个天下的花魂月质都集中在了她一人身上,路有多远她不问,只知道,再也不能回来。

她弹起琵琶,把悲凉忧怨的离别挥洒得满天满野都是,连天上的雁也忘了飞,跌落到她的身旁。

此一别,关山明月,她是永远的离人。

我只想睡去,梦中,随了她的故事去,一路飞尘打马,荒漠连沙,心有留恋千重,仍是义无反顾。

倾城如歌。

【新来瘦 不是悲秋】

不知不觉，转眼又是清秋时节。梧桐叶落，天下知寒，连光阴也在有意无意间慢了下来，一寸一寸在青瓦粉墙上雕刻。邀约明月，把盏清风，把一个季节的开落，郑重地许诺给必经的相逢。回首岁月，枝枝蔓蔓，此去经年，清瘦的风骨里是途经的轮回，一别千载，亦不曾疏远。

我站在窗前，心神却早已游离在红尘之外、世情之远。苍茫的暮色里，想念的女子目光清濯、内心坚韧，落寞地染了一层秋色，任往来的风寂寥又凉薄。她懂余味清欢，在细说的惆怅里，怨过东风，怨过流年，看似细腻的小情调，实则都是与人生对话的壮阔情怀。个中况味，她用一生的深情做着说明，静清雅致，身心易安，落在长长短短的词章里，则是畅意慷慨，印迹分明，她是唯一。

读赵明诚的《金石录》，我先翻到李清照写的序，看她缓缓道来她和赵明诚对这些金石字画的热爱。一同去相国寺搜寻，一起在灯下欣赏，后来国破山河凋零，她又是一个人护着他们两人的结晶东躲西藏，回忆起他们赌书泼茶的快乐时光，她总是笔调轻缓，带着柔柔笑意。

一时间，心里替她浮现的忧伤无望，好比初春落在花瓣上的雪，悄悄地来，转瞬就又散了。

她是个让人羡慕，又让人心疼的女子，可是到最后才发现，她更适合于清谈，或者，连谈也不用。相知的话不用说得太多，三言五言，短歌行板，已能稳稳地握住。

外面沧海桑田，尘世已几多轮换，我开窗小立，树上的新芽还曾见过她的衣衫。

一定可以这样近，花开似锦的海棠从她的院落，飘向我的手心。

蹴罢秋千，起来慵整纤纤手。露浓花瘦，薄汗轻衣透。
见客入来，袜刬金钗溜。和羞走，倚门回首，却把青梅嗅。

少时的易安，纯真而开朗。秋千架上春衫薄，笑声如铃，见有人来，匆匆提了鞋子往屋里走。原本玩耍时已经松散的头发干脆倾斜下来，飘成最不可思议的风情。走到门边，又调皮心起，靠在门口悄悄回头，假装把青梅嗅，其实是看来的那个人有没有一骑竹马，阔步在风里头。

明媚春光里的生香灵动，心情和游戏一样轻快。可爱得就是一个被宠溺着的女孩，天真烂漫，没有任何约束。

没有人能再把这样的场景和感觉写得这么畅意自然又有情，明人钱允治说这笔法是"曲尽情终"。我喜欢这四个字的形容，却不愿意一定要给它安一个格式，她是一个天性中最真实的女子，没有那么多界限的藩篱。

想起那时分的欢愉，任此时再有愁思，也还是会忍不住淡淡微笑，眉眼里现出柔情来。官宦世家的千金小姐，竟仿佛没有世俗的约束。

她与好友去溪亭游玩，携了佳肴美酒，兴致高涨，连日影西斜也不管不顾，甚至沉醉到不知归路，只认了藕花深处。出游，晚归，醉酒，实在不像一个闺阁少女该有的形象，因此在她的词作里，没有深锁绣楼，也没有刺绣女红，从未见娇气柔弱，反而更像个男孩子一般，自在惬意，开朗明媚，很有几分豪气。

宋朝经济繁荣，重文轻武，酿酒业发达，酒文化也极其显著，不论男女，个个能饮。不仅有黄酒，还有葡萄酒、苏合香酒、蔷薇露酒、流香酒、菊花酒、枸杞酒、桑椹酒、麻姑酒、绿豆酒等等一百多种。

你可记得我倾国倾城

李清照像　清·崔鏏

易安饮酒,赚得无数风情。

昨夜雨疏风骤,浓睡不消残酒。试问卷帘人,却道海棠依旧。知否,知否,应是绿肥红瘦。

短短几句,暗藏曲折回廊,幽柔的是一个女子青春的诗意。骤雨过后,情系海棠,其实根本不用问,卷帘人漫不经心,就是用尽脑筋也给不了她恰心意的回答。易安心有停顿,只闻气象,便了然于胸。

那海棠却不是开在风日下,而是开在她心上。

海棠由来不俗,岁岁花开都有佳人伴着。

梅龙镇上,正德皇帝微服打尖在李凤姐开的乡村客栈中,看凤姐貌美泼辣,便有意调戏。为君的我就是喜欢这个调调儿,好人家,歹人家,不该斜插着海棠花,扭扭捏捏十分俊雅,风流就在这朵海棠花。

水灵灵中透着雅趣。

《红楼梦》里不仅有海棠花,众姐妹还成立了海棠诗社,还有《海棠春睡图》,妙玉有海棠花样式的小茶盘,芳官有海棠红的小棉袄,怡红院海棠的枯萎带走了晴雯,连占花名,湘云也抽中了海棠。

它静静躲在轮回里,默看王朝盛衰兴亡。

张爱玲有人生三大恨，第一便是恨海棠无香。

海棠的香，都入了易安的词意，被她轻轻松松拈了去。

几场酒香，几度沉醉，婚后的易安更多的是娴静，也渐渐有了只可描摹不能言说的心事。只因心里住了一个人，这也是她完整人生里必不可少的爱情。

赵明诚说，他于金石之学，幼而好之、迷而有志、此生不渝，像欧阳修纂《集古录》那样，寻访前代金石刻词，揽尽天下古文奇字，只因这是他一生致力要做的事情，也是最大的心愿。

他说得深情，说得郑重，不同于对爱人说的誓言，这份说辞，更像是对天地的表白，同自己的约定，也像是说给人生，以此不虚此行。李清照听得动容，仿佛高山流水无止无休，又如檐下青苔沧桑了三生，还似月光凝成了瓦上霜，遇之难忘，扣人心弦，只愿同鸣。

李清照才高八斗，落墨也只能是词句间的纵横放逸，寻常日子还是要落地而行。她爱这样的赵明诚，自然乐于与他并肩，沿着他的金石录人生。

嫁给赵明诚后，他们诗词唱和，共同搜集金石古玩，一起校勘题签，凑在灯下交流赏析心得，过了一段云鬟斜簪、笑语檀郎的甜蜜时光。

这是门当户对的爱情，赵明诚于她，亦夫、亦友、亦知己。宋代的文人历来最是幸福，可是对女子而言，却谈不上有多少照顾。她需要一个情趣相投的知己，与她赌书泼茶，与她填词赏古。

若能这样柔软地过下去，也是难得的福气，可是命运注定她底子里的男儿意气不容遮蔽，没有给她沉溺的机会，不叫她过分依赖婚姻与爱情。

很长一段时间，易安与赵明诚分居两地，聚少离多，漫长的离别苦涩岁月里，相思成了无奈的主题。而且她没有子嗣，行立坐卧总是孤零零的一个人。孤独里最能生出大气象，易安笔下的格局，一直都不同凡响。

也由此在词作巅峰的宋朝，在封建社会的制约下，即使身为女子，她仍能以自己为数并不多的作品自成一派，成为千古第一才女，蔚为大家。

薄雾浓云愁永昼，瑞脑消金兽。佳节又重阳，玉枕纱厨，半夜凉初透。

东篱把酒黄昏后，有暗香盈袖。莫道不销魂，帘卷西风，人比黄花瘦。

这首《醉花阴》是易安在重阳节寄给在外做官的丈夫的，有关故事记载在伊士珍《琅嬛记》里。赵明诚收到这首词后，再三吟咏，叹赏不已，一时兴起，不甘落后，于是闭门谢客废寝忘食整整三天，写了五十篇新词，力争胜过易安。他把易安的词夹在其中给好友陆德夫品评，陆德夫一一看过后，郑重地说，有三句皆佳，就是"莫道不销魂，帘卷西风，人比黄花瘦"。

  这几句的好，古来已评得太彻底，恨不得把字都拆开，细说她怎样组装得奇。

  我仍然静静地面对易安，看她笑容中映出的清旷。她不过是有太多的想念，景物过眼全成了锥心的伤感，那花也知人寂寥，若能瘦成一缕风，你衣袂飘起的瞬间，可能接住这沉重的情思？

  那天也是这样的傍晚吧，易安守在窗前，怅怅地出神。她身

后的梨花案上,白瓷盏里的碧光洒落进了一角屋檐投下的剪影,顿时有了云水归来的心思。墙外的菊花正开得自在,隐隐有暗香冉冉流动,她疏影自持,遗世独立,人已薄醉,心还透醒,总有三分荒寒,是这尘世的喧嚣和繁华也难以遮掩的。

回眸拈花,文字就是针线,她握在手里的笔墨落上白宣,点滴都是清冷,连相思也是凉的。行经易安度过的岁月,从年少春衫薄,到《醉花阴》里的哀伤,其实她是越来越孤独。

人到岁月深处,情意孤独,才情越高越是如此,这是天意,也是命途。

易安体以神"愁"形"瘦"、清新奇隽而立于词坛,形成了自己独特的风格,别人只可临其形,却难摘其意。她是婉约派的代表,后人也因此称她为"李三瘦"。

香冷金猊,被翻红浪,起来慵自梳头。任宝奁尘满,日上帘钩。生怕离怀别苦,多少事、欲说还休。新来瘦,非干病酒,不是悲秋。

休休!这回去也,千万遍《阳关》,也则难留。念武陵人远,烟锁秦楼。惟有楼前流水,应念我、终日凝眸。凝眸处,从今又添,一段新愁。

这第三瘦,仍是对着赵明诚。

千万般相思沉淀下来,这心就难再沉静,心思变得纤细、脆弱而又敏感。相聚无期，前路渺茫，只怕那个人一去，栖息地成了武陵源，他安隅秦楼忘了回转，她独守家中被遗忘，一点积怨就上了眉头。

宋代达官贵人士大夫间有蓄养侍妾歌姬的风气，苏轼、欧阳修出入皆有歌姬陪同，赵明诚若想不寂寞，实在是太有可能。

这首词饱含了她太多太久的哀伤，让人读来只想回过身去，暗叹一声离情正苦。

近来清瘦，落叶中减形，不是病酒，不是悲秋。

是相思啊。

从纯真顽皮的少女，到幸福美满的新妇，易安，易安，她是如此地安于生活，与俗世不争不扰。然而丝毫没有预料，国难当中，她将遭受人生最痛苦的打击，还要担当起余生最艰巨的任务。

又一次乱世里分别，还是李清照孤守家物，临走时赵明诚嘱咐："必不得已，先弃辎重，次衣被，次书册卷轴，次古器，独所谓宗器者，可自负抱，与身俱存亡，勿忘之。"

多年的金石晕染，已让她傲骨挺拔，悲动山河，性情里的风碎玉裂，可抵金石同盟，永远不朽。若不如此，也走不完后面的风雨旅程。

于是李清照的命，就成了这些金石的命。赵明诚一病离世，为了他们苦心收集来的金石古玩，易安可谓受尽了漂泊和煎熬，还要一步一步忍受舍弃的悲痛。她眼看着手里的宝贝四处分散、丢失，却无计可施，更没能力保护它们，只是选了重中之重放在卧室里，生死同命罢了。

为了保护仅剩的金石器物，李清照嫁给了张汝舟，只求乱世里有个依靠。谁知张汝舟娶李清照，为的就是把她手里的金石变成自己的财物。这都是李清照拼了性命留下来的，曾为它们吃苦受罪劳心劳力，怎肯放手，一番毒打过后，刚毅的李清照宁可按律坐牢，也要擂响官府门前的鼓，要求与他分开。

"生当为人杰，死亦为鬼雄。"这眼泪，她收得壮烈。

剩下的晚年，就算孤苦无依，也要自己过下去。国有国运，天有天命，她与金石想必也有各自的命数，她倾尽全力就是了。每每灯昏夜冷，她独自翻阅赵明诚写的《金石录》，如见故人。又忆前尘，珠泪温热，提笔做后序，将她与赵明诚的故事刻在金石里，只当一切还可重逢。

"每饭罢，坐归来堂，烹茶，指堆积书史，言某事在某书、某卷、第几页、第几行，以中否，角胜负，为饮茶先后。中，既举杯大笑，至茶倾覆怀中，反不得饮而起。"

金石学是考古学的前身，始立于宋朝，此后百年又千年的时光，人们数着金石家的名字，李清照陪着赵明诚，一笔柔肠千千结，婉约心事，只等一人听。

与赵明诚相伴的日子，是易安飘零路上最暖的回忆。她煎得一手好茶，旁边有缭绕的香。她经常走过去，顺手取下头上的玉钗轻轻拨弄香灰，她饱读诗书，涉猎广泛，记忆力超强，闲时和丈夫小赌怡情，温酒共饮，遇上集日就一起说笑着出去逛街淘宝。

一代词宗，也只倾心于恋人间平淡的屋檐。

门外的花，在一个雨后成了最娇艳的牵挂，风住尘香花已尽，总是一遍又一遍把她回望。她静静地坐在那里，不知哪里传来的琴声低婉地盘旋，她好像什么都没有看到，又似乎一切尽已了悟，无端地让人不敢猜想。

宇宙洪荒，没有尽头，人生短暂如流星，即便再耀眼，也不过瞬间就消失得无影无踪。

难将身是红尘客，可她不同，她是宋代的易安，从千年，还会到永恒。在距离太阳最近的水星上，有国际天文学会命名的环形山，其中一座的名字就叫李清照。

清旷雅澹，照宇流芳。她在红尘磨砺，情愫深沉，最终修成了星子里的山峰，刚柔并济，不信花开无主，不信世有荼蘼尽。她没有错过昨夜的雨，收了晚霞早露，把漪漩秋水酿成酒，幽居云端，禅心静寂，每写一笔，都是未央的眷恋，如西府海棠，不惧秋来，不怕春消。

易安的画像应自宋时起就有不少，可惜都在历史沧桑变迁中没了踪迹，所以清朝画家笔下的易安，都出自各自的想象。前文中的这幅《李清照像》就是一张佳作。

画中的她淡妆素服，舍弃了一切繁琐，斜倚奇石而坐，似胸有万言却默默无声，不知想起了什么，目落处，若有所思，旁人近不得。

如此大的石头却不寻常，她选择了这么刚毅的一块巨石来歇息，足见心底的顽强，一刚一柔间，也把画面衬托得有了分量，有了交错。

背景不落一墨，反而更加渲染出飘渺虚空的意境。

易安刚柔并济的鲜明个性，就这样被读了出来。自始至终，

她都是以一个独立又完整的自己，走过历史的风尘，爱憎分明、立场坚定，虽然辛苦，但一直坚持、从不放弃。

只是这服饰装扮却是明末清初的式样，宋时的女子，穿衣打扮比这要柔美得多，也飘逸得多。换到清朝的易安，看起来总觉得多了份拘谨，一副避世不再见人的样子。

看来仪容也忽视不得，幸好她身上的清绝还在，至少画家隔空看她，没有看错。

我亦喜欢古典的衣服，极素极雅极安静，衣服上身，顿时心都轻柔起来，好像自己真的成了古时的女子。那份心境却是说也说不尽全，只是莫名地喜欢，这喜悦从心里生起来，连眉目笑容都变得不一样，仿佛有了一种婉约，一种守候。

打开衣橱，有几件衣服是自己从来没穿过的，因为找不着穿的机会与场合。可每次看到时，心里都会如蔷薇盛开，明艳中带着忧伤，有种说不出来的情愫。时光漫过，光阴深处惊鸿一瞥里的偶遇，几经沉淀，我一一收藏着，总有些柔软随着一针一线生出。

这份欣赏与收藏，真的早已不再是衣服的界限，跟遇见这些画和诗词一样，藏了一份心情一个故事，更藏了一个淡远的相逢。

这一次，静待春光，找个能闻见青草香，能摸到书页暖的日子，换了窄袖春衫襦裙，也做一回，宋时词里人。

晨钟暮鼓·守望

何事西风悲画扇

十世古今,不离当下一念,这一念,竟是开在桃花上的。

桃花坞里桃花庵,桃花庵里桃花仙。桃花仙人种桃树,又摘桃花换酒钱。

酒醒只在花前坐,酒醉还来花下眠。半醉半醒日复日,花落花开年复年。

但愿老死花酒间,不愿鞠躬车马前。车尘马足富者趣,酒盏花枝贫者缘。

若将富贵比贫贱,一在平地一在天。若将贫贱比车马,他得驱驰我得闲。

别人笑我忒疯癫,我笑他人看不穿。不见五陵豪杰墓,无花无酒锄作田。

你可记得我倾国倾城

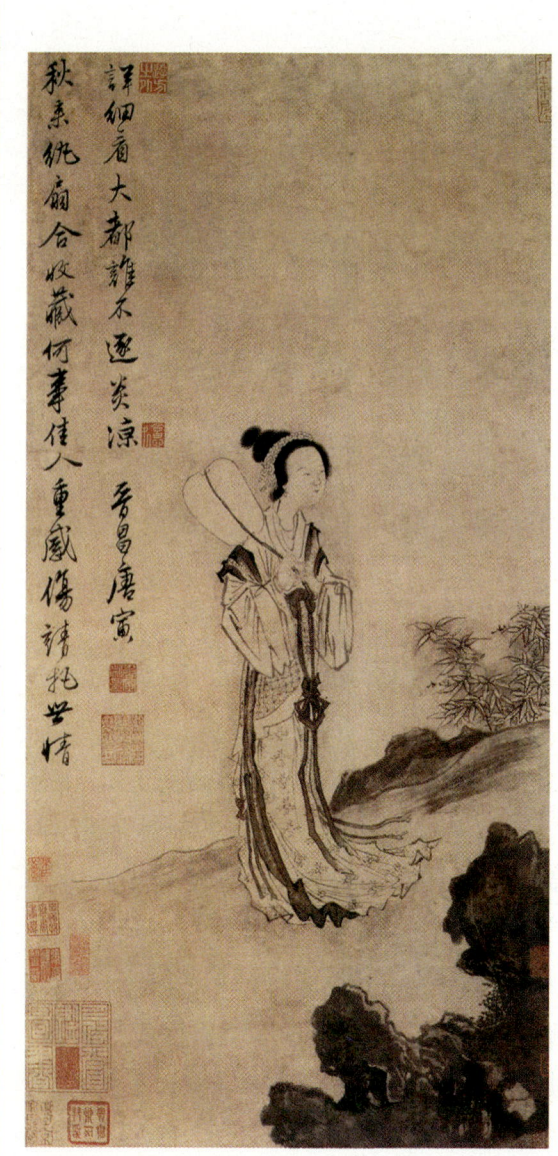

秋风纨扇图 明·唐寅

若他只是这水乡的寻常男子，识简单可用的几个字，多半的目光在堂前屋后的荷塘或桑林，日出而作，日落而息。成年后有媒妁之言的妻，相似的小家小户女子，眉目温良，勤俭持家。他日膝下儿女嬉闹，光阴明丽，直到老年。那这一生，就如秋日拢起的桂花，埋在树下，纵然平淡无奇，年深日久，也无遗憾，也是佳酿。

可偏偏老天垂青于他，偏爱得没有道理。给了他江南烟雨，给了他孤傲性情，给了他庚寅年寅月寅日寅时的良辰出生。明朝的灵秀汇聚在小城，白墙灰瓦流水垂杨，徐徐展开的卷轴，等的就是他一身翰墨诗书，情意雅澹风流。

他是天意钦定的才子，所以苍天的眷顾不会是衣食无忧、高官厚禄，没有注定的步步锦绣。所有的传奇，缠绕在一路的颠沛流离，那些伤与痛，绝望与深情，看似不成全，却处处是天机。

唐寅自幼聪颖，博览群书，十六岁时考秀才，稳稳地拿下了第一名，轰动了整个苏州城。连探上窗台的茉莉都知道，随桨声悠悠而去，月光化不开的，正是一段年少轻狂的追逐。俊朗的笑容堪比一剪春风，尘世的厚爱似在手中，他可放眼天际微茫，何曾想过际遇湍流。

苏州的烟波画船，岁岁如旧；河边的红丝翠软，季季依然。从春秋战国积淀的文脉，柔柔地织着绵软的乡愁，让人一醉就不愿醒来。

何况是唐寅，骨子里生就未曾历练的一份诗意优柔。人生沉溺容易，况且是苏州的雨丝风片，更是唐寅适宜的一世流年。话说逆行最难，总要咽下一把泪，身不安，心亦不安，却是他要走的路，不得不从。

刚过弱冠之年，大红的灯笼还挂在门前，他的父母、妻子、妹妹却相继去世。一记一记的疼痛，如在血脉里生根发芽，多少个无眠的夜晚、点不亮的灯盏、濡不开的墨痕，像温不暖的寒潮，总也过不完。

那一年的梅雨格外淋漓，划过窗棂打着芭蕉，青石板上的花碎了一地。唐寅提起湿了的衣角，执着素面的油纸伞，静静地迈过缝隙间的苍苔。

祝枝山舍不得，陪着唐寅把酒共醉，陪着他看懂绿肥红瘦，还有那么长的日子，还有这一身才情。纵然只剩这一身才情，又怎能轻易说辜负。

唐寅男儿壮志未酬，不说疗伤，只是和好友一起，渐渐隐藏悲痛，远去愁苦，消减了有过的一点怨。他们城外登高，虎丘点水烹茶，高谈文史纵横。那些单薄的日子，唐寅更是寄情于绘画，心中山水，墨边人物，都是他的倾注，饱蘸了江南的风月与潇湘，一笔笔勾勒着，也一日日安顿着。

"江南四大才子"成就了书卷里最潇洒的文字，而"明四家"

的卓绝，俨然也是绘画史上的峰峦。唐寅是这里面最有灵魂的人物，无论站在哪个渡口，都难掩三分寒霜，一段看透。他韵在苏州的小桥流水，最是脱俗的风流。

时光恍惚，已渐渐厚重，院子里的老藤已攀上了屋檐。二十九岁的唐寅出了古老的城门，去参加应天十三府的乡试，考中了举人第一名，从此有了唐解元的称号。眼看仕途已现出清明，山长水远是通往京城的路，考取功名，光耀门楣，就连骑马夸官，金殿饮宴，似乎也就隔了一张考卷。唐寅不再年少，他成竹在胸，衣襟边压了一枚如意，谦谦含笑，像极了传奇故事里最贴切的状元郎。

唐寅文采冠绝江南，实在算是谦虚，就连北地学子也知道他意气风发，志在头筹。可是官场的复杂远非才学可以抗衡，天子气象的都城，让他明白了饱读诗书的作用，读过的道理，在某些时候，颠覆人的一生，是那般容易，又那么无情。不是有一个努力的过程，就能有完美的收成，春生夏长，也许秋天的一场霜冻，就会颗粒无收。

仓惶地逃离了琉璃瓦的宝顶，再回来是又一次的心灰意冷，他落到了人生的低谷。受会试泄题案的牵连，他被判永世不得为官。沿着运河向南，荒僻处对着寒山，却连句冤枉也不能喊出。

仍是苏州，当他跌跌撞撞地回来，还是以最初的面容相迎，还是那十里街巷、一池清荷。人生三十，不敢回首，唐寅从苏州起航，他开始了山川游历。

他自刻印曰："百年障眼书千卷，四海资身笔一枝。"独自行走的日子，踏过的旅程都被他用心收留着，装订成一册体己的书。本就不多的钱财用尽，转身还有一点相思，远远的江枫渔火，还是苏州。

家里的妻子因为贫困也抛他而去，孑然一身，再不需要谁相随，也不再有什么远大的抱负。

吴趋坊巷口临街的一座小楼里，唐寅丹青自娱，靠卖文鬻画为生。

不炼金丹不坐禅，不为商贾不耕田。
闲来写幅丹青卖，不使人间造孽钱。

他是唐寅，经历了起起落落，回来停靠在寻常巷陌。他还是唐寅，仕途绝意，再不问庙堂。放行江湖，诗酒书画，做个逃禅仙吏，更可从容。

他仍然是清高的个性。弯不下的一竿萧萧翠竹，护着心里不愿被碰触的过往，也守着那份孤绝，难同世流，所以清贫的一身布衣，风吹起衣袖，左邻右舍的爆竹声偶尔飞过他的墙头，除夕的夜里，委屈也得独自化解，安不下心，便安不下命。

苏州城郊的桃花坞，因与唐寅结缘，才有了被人惦念几百年

的神采。他在清溪边的土丘上种了满坡的桃树,简陋的茅屋遮寒避雨,堂堂的室名牵着心思,这是他的梦墨亭。醒来是它,梦里也还是,诗文书画,才是任谁也抢不走、剥夺不了的长情与共。

但在他的诗文书画间,这种他心里压制的情绪却不是那么容易看出。他风流不羁,嬉笑调侃,隔着万里山河,似乎都能听见他在桃林里朗朗的笑声。周星驰扮演的唐伯虎给人印象最深刻,他是"无厘头"的喜剧天王,可现实的他,性格却忧郁内向。

看人要看心,读画也还要读神韵。

唐寅师出名家,出于蓝而胜于蓝,山水人物,花鸟写意,都深具自己的风格。书法与绘画融会运用,上问古今,下追四方,博览众长，潇洒得趣。

苍天的一滴泪化作江南十里烟雨，明朝的钟灵隽逸结缘于唐寅的笔墨淋漓。

他画的班婕妤，用一团纨扇做收藏，写着他心里的若即若离。

班婕妤是汉成帝的妃子，德才兼备，善词赋。在有名的诗作《怨歌行》中，她以团扇自比。

《杖扇新录》中记载："通用素绢，两面绷之，或泥金、瓷青、湖色，有月圆、腰圆、六角诸式，皆嵌名人书画，柄用梅烙、湘妃、棕竹，亦有洋漆、象牙之类，名为'团扇'。"

宋代以前只有团扇，后来的折扇来自于日本。

我也有一柄团扇，被我置于书架上，我的书架里放着不少岁月里适愿相逢的小体己，现在也只能摆在那里。自己看着觉得时光深邃，现世安稳，连心里都会闪过一丝沉静中的华丽。不期的相逢却可以长长久久陪伴下去，而且它们都是那么美，散发着光芒又不张扬，好像曾经熟悉的记忆。

现在的团扇成了高供的雅玩，可是在当时，团扇既有扇凉的作用，又有遮面藏羞容颜半露的妙意。加之扇面上可以绘制字画，或棕或青的柄，垂下的缨络更是一种装饰。风情万种地握在女子手里，素手一抬，头一低，看的人就痴了。

班婕妤看着纨扇，心却凉了，她已是被弃在秋风里的旧爱，没了颜色，也没了昔日的繁华。

她文学造诣极高，伴在汉成帝左右经常是引经据典，化解他心里的积郁。或者调一曲丝竹，让成帝疲惫的心得到放松，那时她是汉成帝最为宠爱的人，恨不得片刻都不要分开。

后宫三千佳丽，没有哪个女子像班婕妤这么特别，她不仅有倾城绝世的容貌，还有谈吐不俗的见识，汉成帝对着她不仅可以谈风月，还可以论史鉴。女子的温柔细腻加上知书达礼，纵然是皇帝，也会不由自主地沉溺。

正是盛欢时，成帝乘辇出巡，他拉着班婕妤的手，要她一起同车共乘。门外风和日丽，衣香鬓影，诸多嫔妃羡慕地看着如此得宠的班婕妤。天下辉煌，竟成了他们两个的，皇上要与她共分享，多少福瑞加身，这个极有书卷气的佳人也满眼爱意。她看着眼前这个让她一腔柔情紧系的男人，他不仅是她红尘中的伴侣，他更是大汉王朝的掌舵人。

她缓缓地抽出了自己的手，轻轻地谢恩。历史上的圣贤之君，都有名臣在侧，而末主亡国的人，才有嬖女在旁。

她恭敬地退到后面，请成帝登车，心里缠绕的是三春柳絮，轻绵无落。若为了他，她但死而不回避，为了他的江山社稷，为了他的英名贤德，她宁死也要保全。

爱一个人，定会爱着他的生前身后事，他不以为意的，她早已替他想得周全。班婕妤在后面看着汉成帝，看着他辇上的英姿，看着繁盛的国运,她是那么幸福。这天下第一人,走在路上都不会把她忘记,这样的爱情,她握着珍惜还嫌不够。

太后听闻此事,对班婕妤大加赞誉,说古有樊姬,今有班婕妤,她不是简单地写在八字上的旺夫,她是言行举止知道自己的身份,更知道皇上的身份。

有了太后的欣赏,班婕妤的地位更加突出,她一直都不是只会脂滑香腻的女子,在德容言功上,她俨然已成了永巷的典范。

班婕妤读过那么多的史书,不会不明白色衰爱弛的道理,所以她更注重内在的完美,保持她的与众不同。才情和气质总是不怕岁月无情的,不会成为明日黄花,反而会在流年暗换中越来越醇厚迷人,散发岁月芬芳,如陈年的酒。

她是有心理准备的,毕竟皇帝拥有偌大的一个花园,开得太久的花,似乎看的人都会觉得疲惫。她想过皇帝有一天会被别的姿色吸引,但没想到,她会被冷落得如此彻底。

直到有两个女子进宫,占据了皇帝的左膀右臂,皇帝开始了声色犬马的生活,一边是赵飞燕,一边是赵合德。班婕妤只盼皇帝是图新鲜,总还会想起自己,来她这里喝茶听琴,谈诗论天下,像待船归的港湾,停下来解一解疲乏劳累。

可惜,她对皇上已经没有了吸引力,看飞燕跳舞,赏合德柔媚,天下大事有朝纲大臣,他只愿老于温柔乡。

班婕妤被皇帝遗忘了，却被后宫明争暗斗的纷乱兜了进去，再无皇帝宠爱的她，宁可离开这伤心地。她请旨去长信宫侍奉太后，皇帝想都不想就批准了，随她去。

她已经连费皇帝一点脑筋的分量都没有了，从最初的可圈可点，到现在的可有可无，她是一页被翻过的书，剩下的命运就是高阁封陈，想着的那个人，手从面前伸过也不会再停下了。

从此，只是隔了一道宫墙，却是再也回不去的天涯。长信宫中，她千般的怨都化作了烛苗，焚心流泪，任如此，还是放不开。

深宫寂寂，心如止水的生活太可怕，弄琴调笔也是只有悲声。她的忧怨自怜也随着高墙内院里的树叶，由碧绿到枯黄，最后连个影子都留不下。她不知道自己还该不该再有盼望，等待一个男人回心转意似乎是太微茫的事，可等来等去，却等到了汉成帝驾崩的消息。

命运捉弄起人来，真是不留半点余地，她连支撑着的残存的信念都没有了，心里的爱却如千年极寒的冰，固执地不肯化去。

她一身素服，陪着这个男人的灵柩到了皇陵，从此再也没有离开。她宁愿要这里的孤寂，每天香案明烛，她用爱做着他的宫灯，燃烧着她所有的余情。连之前的怨也飘飞在松风里了，如果所有的故事都需要一个结局，她这样的继续守候不知道该算悲哀还是安慰。也许没有人能是他的唯一，然而此刻，只有他们，才是彼此眼前的人。

不知道，在捧起那碗孟婆汤时，他可曾想到我们那些快乐的日子，但是，望乡台前，他一定能看见夕阳下，陵墓旁，我在离他最近的地方。

新裂齐纨素，鲜洁如霜雪。
裁为合欢扇，团团如明月。
出入君怀袖，动摇微风发。
常恐秋节至，凉飙夺炎热。
弃置箧笥中，恩情中道绝。

她的一曲《怨歌行》，让她成了千古幽怨的人。后人或愤愤不平，或哀叹怜惜，替这个在爱情里风光过，又被无情抛弃的女子委屈几句。

纨扇,也就是团扇,又名合欢扇。扇亦无心,秋来见弃,多情的是空对着它的一抹容颜。心有合欢意,也要遮挡几分,错过了,便藏几滴清泪,即便来年春又见,也是多了斑驳心酸。

秋来纨扇合收藏,何事佳人重感伤。
请把世情详细看,大都谁不逐炎凉。

唐伯虎在画中的题诗更大气,也更淡薄些,毕竟是男子,胸怀总是更宽阔。也由此,爱情对他们来说,永远不可能是全部。他借班婕妤和团扇的命运,抒发自己的感情。

这情也不是对着自己一生中的三个妻子,也不是其他哪个钟情女,而是叹自己的仕途命运。这憾是无法化解的,说是把世态炎凉都已看得明白,其实他永远无法释怀这影响他一生的孤愤。

我们更愿意看他诗画风流的一面,所以硬要安给他一个秋香。其实这个故事最早出现在明朝王同轨的笔记体小说中,点秋香的人是苏州才子陈元超。后来被冯梦龙写成了《唐解元一笑姻缘》。

世上的虚假太多,倒不如寻欢。说唐寅是浪子是狂士,因为只有这样,他才能咽下那些不公,忍了酸涩,用嬉笑怒骂的态度,放肆一回,说说心里话,哪怕是醉语胡言,哪怕无人愿意听清。

苏州城的柔情,任何地方都临摹不出,却细细地给唐寅收留,给他一庭山水一树桃花，几个好友数坛美酒，可还是没有化除他骨子里根植下的怨叹。所有的看破，都是吟唱给他人的，他心里的伤，无法化解的憾，已然成了毒，以致他中年而逝，后景凄凉。

最终，他睡在了苏州城的烟雨中，蔓草生在荒冢，让人想来，忍不住心疼。

烟柳画桥，亭台船舫，待晨昏落成了黑白，历史淡忘了悲欢，唐寅也已是苏州的一个音律，不可或缺的尘曲旧梦，带着尘世的温度和情义，守候似水流年。

《名贤集》开篇第一句就是"但行好事，莫问前程"。

只想让人把恩怨情仇都放下，毅然地看着前方，身后的坎坷缠绵，绿柳野渡，都任它自顾自地横在那。心里绾着千千结，解不开，也一剑斩去，纷纷落在行囊里，由它成为枯藤，收留万古闲愁。

禅意袅袅，握得住芬芳，却听不得遗忘。

把一生的眼泪都还给他

晨钟暮鼓·守望

　　每个人的青春年华里，都曾走过一个林妹妹，她在中学课本里一出场，吹皱多少心扉。教材大纲里说，通过宝黛的爱情悲剧，揭示封建社会现状。我们心思清凉，却只看到爱情的开场，收录的刚巧就是这一段，林妹妹进贾府，宝黛初见。

　　林妹妹心里大惊，暗自生想，好生奇怪，倒像在哪里见过一般，何等眼熟到如此。

　　宝哥哥顿时大喜，直接说道，这个妹妹我曾见过的。

　　虽然未曾见过她，然我看她面善，心里就是旧相识，今日只做远别重逢，亦未为不可。

　　年少时读《红楼梦》，只重情节，看见宝哥哥林妹妹两小无猜便心生欢喜，看着他们吵嘴怄气流泪生病，就跟着愁闷。黛玉葬花时陪着伤悲，宝玉痴颠时随着心疼，可当黛玉凄凉离世，宝玉看破红尘，却又哭不出来了。千情万绪都只化为一个叹息，没有人能够拯救他们，曹公不能，那一僧一道也不能，正所谓悲剧就是把美好的东西毁灭给人看。

　　后来再读，也便开始关注细节。知道了草蛇灰线伏延千里，知道了宝黛的相遇和离别，知道了这场轰轰烈烈最后又灰飞烟灭的爱，只是一个还泪的许诺。

　　硬起心肠让自己相信，绛珠草修得女体，有了人形却无人情。好在神瑛侍者曾经给她灌溉，让这无心草木也有了缠绵纠结。

　　说起来也怪不得绛珠草，她生于灵河岸上，三生石畔，久延岁月里的漫长无期，不过都是引子。既来到三生，就注定要一直往前走，路过的风花雪月，冰寒霜冷，都只是停不下来的风景。轨迹蜿蜒起伏，最终也还是要画一个句点，也许它不够圆满，却兜着所有曾经的日子。合拢起来，人在里面，画地为牢，脱了尘缘，脱不了留恋。

　　况且当她脱却草胎木质后，不再需要神瑛侍者的甘露，自己终日游于离恨天外，吃的是觅情果，饮的是灌愁水，自以为回报了甘霖之恩便可了无挂碍，可是她一步步，纵然无意识，也分明已情牵。

　　让人恼不得怨不得的三生缘。
　　就连空灵之地也能造就痴情怨恨，哪个地方还能断俗念？
　　一味情痴，无限冤怨，只在红尘中方可造劫历世。
　　世间的爱恨情仇，都是往世有过的纠缠，冥冥中定有那根维系的线。

　　她说，但把我一生所有的眼泪还他，也偿还得过他了。
　　这话说出来轻松又冰冷，似乎从此就两不相欠，再也没有债没有负担。天上一天，地上一年，就算福寿到百岁，按照天上的时辰不过也就一个秋天。还他一生的眼泪，还他一波临湖秋水。
　　她没有想过这还债的路会有多难，还庆幸总算有了了却恩怨无挂碍的机会。万万不可能想到，还泪要比当牛做马更郑重，也比结草衔环更深阔得多。
　　可是啊可是，眼泪不是身外之物，要哀伤，还要心不死，这泪居然也能流成奈河。

　　弱水三千，我注定是你要取的那一瓢，却要化为多如恒河沙的泪，从你指尖丝丝坠落，到无踪。
　　这泪水，是爱情的祭奠。

林黛玉本就不食人间烟火，其空灵之处，世人只见一二便觉如世外仙姝。知她心的人是宝玉，知她命的人却是云游飘渺的道僧。

她三岁的时候，有一癞头和尚要化她去出家，否则她的天生不足之症便一生也不可能好，除非从此以后再也不见哭声，因此外姓亲友一概不见。

起初我想不明白，这个癞头和尚为什么会出现，他明知道黛玉就是要还给宝玉泪水才来人间，不可能再有别的变故，这既定的事实谁也改变不了，又何苦要说这样的话。

后来读来读去心有了悟，曹公拈字俱有深意。这一段，分明是写给天下人看的。每个人生来命中都有不足，且无药可医，有时那一点不足竟是对着三生石上的那个人。一份追随成了牵绊，性情也不是由天定，只是因为生来的样子，如此才能在面对面相见时有惊心动念的熟悉。

若真有一悬壶济世的仙人，开得一剂良方，四方游历度化天下痴男怨女，那世间泼天的痴情一定会少得让九重天外的神仙都觉得寂寞。

灵河岸边，也难见仙草甘露。

更何况呢，天命天命，总是神仙，也改不得。

这熟悉，可也真不能小看了，有的人初次见面却毫不陌生，有的人相识已久却难以读懂，这种体会也很不以自己的意志和心

晨钟暮鼓·守望

十二金钗图　清·费丹旭

里的愿望所左右。跟不对脾气的人，任凭怎么努力也还是不行，感觉不对，行为做事都那么不顺遂，表面上可以迁就过去，转身却百般难解，了解得再详细，也还是像隔了海，无以为渡。

所以，宝哥哥见这样的妹妹也没有玉，干脆摔了它。他们之间有那么多的熟悉，只一见面就各自心里有了数，只有这玉，不清不楚招人碍眼地挡在中间。

金玉良缘是世间语，木石前盟才是定下的因。

曹公一支笔，十年寂寞血泪。他在书里亦真亦假亦幻，因空见色，由色生情，传情入色，自色悟空。他写贾府的盛衰是这样，写林黛玉也还是这样。

林黛玉小时候服侍病重母亲，母亡后辞别父亲千里奔贾府，入贾府时小心翼翼察言观色，和姐妹们一起在园子里住着。隔开外界的喧嚣和风雨，她也知道写怎样的诗给元妃娘娘才能讨得她的喜欢，她看出了府里的景况日下和财力渐微，曹公许了她玲珑聪明的慧根，她长袖一挥，这些举手便得。

平日却总见她清冷不理人，又娇气又傲气，还有些许小心眼，说起话来不留情面。她的这些情绪，这些不安，都因为宝玉，因为她两手空空，没有什么能和宝玉配。

她是一个那么单纯的女子，只因为在薛姨妈家李嬷嬷不许宝玉吃酒，旁人不敢多说话，她就不愿意看见宝玉受委屈，直接抢白这个自视劳苦功高的奶妈。因为宝钗几句贴心话，她就撂下了一切芥蒂，掏心掏肺地把宝姐姐当亲人。宝玉因为金钏和琪官的事被父亲毒打，其他姐妹都是苦口婆心地劝，恨他没长进，这样关于门楣和名声的大事，黛玉却没有怪罪，只心疼得把眼睛哭得像核桃。她常常吃宝钗和湘云的醋，因为她们都有金，却笑着叫袭人嫂子。

宝玉看她时的眼睛，流露着心里藏不住的深情。他原是个混世魔王，吃丫头们嘴上的胭脂，和戏子换汗巾，看见宝姐姐的胳膊也要生艳想，只有在黛玉面前就现了原形。他对她的爱惜是不带一点瑕疵的，妹妹读了什么书，昨儿吃了什么，晚上睡得可好，细细碎碎，他要陪着她人世安稳的时光。

也许我们也能和黛玉做知己，她的点点滴滴我悉数放在心里。因为她的心思，因为她心无旁骛的爱，此生只为一个人，她就是为宝玉专程而来，其他的人都不在她的生命里。

读这一切是华丽的悲伤，如果看懂她悲剧的一生再为她选择，我也仍然愿意让她一定要来红尘，和宝玉真实地爱一场。被现实摧折了的爱情虽然没有完美的结局，可终归有那么一点不悲的地方，他们爱得真，爱得深，爱得生死不离。

我们都有自己前世刻在石头上的故事，我更愿意叫《红楼梦》为《石头记》，这样更真实些，更牢稳些，也更可以多怀想和期盼些。

《石头记》的魅力就在这大旨谈情里一点一点晕染渗透开来,自问世起,就引得多少人茶饭不思,也被带入许许多多的艺术创作中。费丹旭二十五岁时便应邀画了深具民间风格的《红楼梦人物图册》,四十五岁时受兰汀先生之请,绘《红楼梦十二金钗图册》。画中人物俱不标识姓名,她们的身份性格、气质情感,宛然对着你,白罗轻衫冷画屏。

画上纤弱不胜风的女子就是黛玉,这是整部书里最凄美的画面,子苕用细致工整的费氏风格,淡彩晕染,墨笔勾皴,轻灵柔润,黛玉的清愁就这样伴着飘零的桃花红,站在园子深处,把自己留在繁花易凋的树下，一曲悲歌，道出缤纷离合。

花谢花飞花满天，红消香断有谁怜？

不远处的山坡上，宝玉也早已痴倒，泪水肆虐。他心里疼得不知怎样，眼前的一切让他太感伤，只以为林妹妹是他护得周全的心爱之人，没料她心里竟压了这么多的委屈，连这落花都可知她心肠。这份爱，他要如何表达？化灰化烟是太容易说的话，为她怎样都愿意，只不想两人都这般的心伤。

他在路上拦住黛玉，我只说一句话，从此以后撂开手。

既有今日，何必当初。

我看得惊心动魄，眼泪早已泛滥得无处可收。这话让人太心酸，这么多难忘共度，不是为这一个分离而来，也怨不得当初。

黛玉却明白他的心，之前的误会说开来，他们就能从此深爱。

第一个把《石头记》搬上银幕的是京剧大师梅兰芳，演的也正是这出《黛玉葬花》。只可惜，放映的时间很短，就是梅兰芳本人也没有看到，生前曾一直引为遗憾。而且当时的技术有限，这是一部默片，没有梅兰芳的声音。

他扮的黛玉，在戏台上，一身古典装扮，极尽诗意。这就是多愁善感，清冷孤傲的怜花惜花人，几句西皮倒板，伴着身段动作，黛玉的痴心忧伤，孤苦无依，就真实地到了眼前。

此时，仅听这音频，都恨不得是他身侧飞起的花瓣，落在他的衣间。

侬今葬花人笑痴，他年葬侬知是谁。
一朝春尽红颜老，花落人亡两不知。

尘缘从来都如水，一直以来，黛玉的影子从未离开我，经常无意间就在文字中把她带出来。可真的要写她了，觉得却是那么难。就像太熟悉的人，总觉得有千言万语要表达，却不知道从哪里说起。凌乱得看似破碎的章节，是我和她不停息的依靠，走过春夏秋冬，我们倾心感怀。

原本想着给这篇文章起一个更好些的名字，想了很久，却没有一个更如意的，都不如这一句话来得更有分量。纵观黛玉这一生，宝黛的爱情，还有大观园里的千红万艳，都是从这一句话，才有了痴缠往昔。

等那一天，绛珠草和神瑛侍者都回到了三生石畔，不知道又会是怎样的感慨。绛珠草还了足够的泪水，人间落得白茫茫大地真干净，可他们的心一定难以再平静。泪还了水，又灌溉了情，三生石上许三生，还有未来。

上面只写一句：
"来生你度我，可愿？"

【不信多情】时光只解催人老

小时候跟奶奶在乡下，夏天的夜晚，村子里很清爽。我经常拉着奶奶的手，跟她出了家门去乘凉。坐在小板凳上，听大人们一边摇着蒲扇一边说话，密密麻麻的星星躺在银河里横在天上。牛郎织女的故事不是那时候知道的，也许因为这只是个传说，反而不怎么被大人们提起。

夜色里，对面的人说，王宝钏苦守寒窑十八年，却只当了十八天皇后就去世了。

我实在想不起来说这个故事的人是谁，连她的语气也记得不分明了。没有什么惋惜，也没有后面的长篇大论，旁边的人也只是淡淡地应上一句，再无后话。

我也不追问，自小就是寡言的性子，后来看这出戏，才知原来是这样的悲苦。她们讲时太轻松，好像话桑麻论衣裳一样，只是在说有这么一件事情，不掺杂其他感情。

以至于我看戏的时候，总沉浸在她十八年等待的煎熬中。戏落了幕，掌声盖过泪水，回想起来，却总是她最后十八天里的落寞。已是荣耀加身，付出的等待没有落空，十八年的烙印太深了，如今一切改变，漫长的想象成了现实，却总有几分不真实。更像是戏，华亮亮地登场，却抓不住自己，说来道去都像是一个陌生人。夜晚灯下，她沉思如寐，过去的日子如同发黄的书简，她不敢再随便翻开。手里的笔也终究太沉重，顿了又顿，画不出一个像样的结局。

王宝钏是唐朝宰相王允的女儿，出身富贵，未尝疾苦。

王允的名字一出，我连带着想起三国里的貂蝉，貂蝉的义父也叫王允。正是这个王允用美人计借吕布的手除掉了董卓，成就了一个女子的传奇，也埋葬了她终身的幸福。

为国为民，当义无反顾，他和貂蝉都是这样说。

唐朝的王允有三个如花似玉的女儿。对于朝中重臣来说，女儿对他相当重要。不只是美人计那么简单，巩固地位，联络党派，这些都用得上。长女嫁给了兵部侍郎，次女嫁给了九门提督，最小的女儿最受宠爱，才貌也最出众，家里人对她寄予了厚望。

可是这小女王宝钏，却偏偏就看不上达官贵人富家子弟，她一不慕权贵，二不贪钱财，她心里的如意郎君要有德有才踏实可靠。

她看上的,是孤寒书生薛平贵。

二月二这天,王家府院搭起了高高的彩楼,王家三小姐要抛绣球招亲。消息一出,附近的公子少爷挤得水泄不通,她从绣帘后走出来,光彩照人,仪态万方,手里的大红绣球安稳地等待抛出。

她微微笑着,衣袖闪过,王孙公子有千万,彩球单打薛平贵。

王允大怒,坚决不同意他们的婚事,王宝钏去意已决,和父亲三击掌,断绝父女亲情,坚定地跟着薛平贵走了。

俗话说:"嫁鸡随鸡,嫁狗随狗。"这话却不是说给男人听的,只是女子劝解着自己说的,伤心的时候这样安慰着说,顺心的时候也会调侃着说。看似不负责任的话,细想起来却是有着难得的踏实,想离开的人不会这么说,只有那个死心塌地、天涯海角跟定的心,才会把一路上的风霜化为幸福,悲苦也这样轻松地说出来。

薛平贵自幼是孤儿,连个家都没有,两人只好在武家坡上找了间窑洞。有爱之地无寒暑,男的外出砍柴,女的在家织梭,生活清贫,也可真是恩爱甜蜜。

不久,边区发生叛乱,薛平贵不甘心这样碌碌无为地过一生,更不愿意让心爱的妻子总跟着他吃苦受罪。他看准了机会,投身到了军队中,远赴西凉。

王宝钏不愿意让薛平贵离开,可是她也没有理由把他留下,当时看中的就是他的才华,他就是埋在土里的草根,时机到了,就能把石头顶起来。

她是这样爱他，家还没有安顿周全，也宁愿放他去建功立业。只做她的丈夫他是不满意的，他站在山坡顶上，看的总是天下。

从此，薛平贵经历了男人可能遇见的所有传奇，王宝钏咽下了留守女人所有的泪滴。

他这一走，就是风雨无情十八年。

他被西凉公主招为了驸马，后又继承王位成了西凉国王，一日正坐殿朝堂，忽然有大雁哀声连连，口吐人言。待用弓箭射下，却见血书一封，薛平贵泪流满面。

听西皮摇板苍凉的声音响起，心里郁结的孤寒也在这一刻清楚地有了回应。雁飞千里征途，只为看他一个明白。这富贵日子可曾坐得安稳，心里可还有一点惦念，远方那个孤苦女子，是否还能给他最初的眷恋。

公主代战可不是娇柔的女子，她英勇善战，泼辣刚烈。薛平贵一直没有说过家中有妻，此时自然也不敢明说，只得把公主灌醉，一个人骑马离了西凉。

这一折《赶三关》就是唱给代战公主的，她骑着马连追三关，问明了情况，最后这个流血不流泪的女子，也哭得泪湿马鞍。天下女子不能忍的悲凉，她也不能例外。

柔弱也好，刚烈也好，爱情里都有可能受伤害。只因为爱的时候太爱，把所有的都交付了，从没想过要给自己留个余地，拼了命尚且觉得还不够，一点疏离，就像重重的一拳折回来，全打

晨钟暮鼓·守望

灯下沉思图　清·任薰

在了自己心上。

哭也哭了，怨也怨了，自己百般委屈，最后还得自己消解。

舍不得看他这么为难，但也念他有情有意，不是有了荣华富贵就变心的男人，只怪他没有早点说明，她被蒙在鼓里十八年。

那边是苦守十八年，日日艰难，她是被隐瞒十八年，付出千顷，即使他坐上了龙位对她还是没有十足的信任。

哪一个都是心伤，哪一个说起来都是让人哑口无言的辜负。

他终于可以往回走了，西皮导板催得令人心酸。一马离了西凉界，风声都不敢再上前。薛平贵紧锁双眉，他有太多的无奈，这一别，竟然像远离了红尘世界。今天总算看到了青山绿水，原是近乡情怯，但那是游子的脚步，他不是，他是日思夜想不能回转。他是公主在旁西凉为主，日带三军轻松不得。

这一刻，抛了一切羁绊，他来自己家里，找自己的妻，那心情。有几分轻松和随意，竟然不是一走十八年，更像是只去山下卖柴，遇上雨，耽搁几日。

妻子面前，也要调笑一番。

王宝钏正在坡前挖野菜，这些年她就是以此为生，多少变故也没能让她转身离开。野菜有几丝苦涩，她却吃得坦然，她就是有一种爱情的大信，相信薛平贵生死都会有消息传来，她就要一直地等，煎熬困顿，饥寒酸楚，都会随着新一天的日出被她抛下。这几乎已经成了她的信仰，除了等待，她看哪里都是茫然。

薛平贵来到她面前，岁月的苦难给这个女子太多的改变，当初菱花镜里的眉似远山，眼波临秋水的闺中小姐，早已成了现在尘满面、鬓如霜、衣衫朴素的寻常村妇。

她本是一朵带露的花，还未开到饱满，就挣扎着，坚强地长成了一棵沧桑的树。伸展的枝丫向着四周，随时等候离人的呼唤。

薛平贵故意试探她，看见了血书还不够。要寻的人就在眼前，却没有难抑的激动和兴奋，他要先看看，这么多年过去了，王宝钏是不是还是当初爱着他的心。

他说有家书捎来，要王宝钏前来接取。表明身份，薛平贵的心思也真让人寒凉，他决意要先把王宝钏调戏一番，若守节，就上前相认，若失节，就把她杀了，再回西凉见代战。

洞宾曾把牡丹戏，
庄子也曾三戏妻。
秋胡戏过罗氏女，
薛平贵调戏自己妻。

他这一戏，既不风流也不文雅，只见无情和小气。虽然《武家坡》这一段往来很好听，轻快中有俏皮，一句接一句紧凑着把气氛往上涨。薛平贵没有了当时的穷苦和西凉的端严,调戏起良家女子来也是油嘴滑舌极尽无赖,若不是想拿到丈夫的书信,王宝钏也不会理他。

她又恼又怒又羞愤:"军爷休要出狂言,欺奴犹如欺了天。"她撒了一把黄土,关门进了寒窑。

外面薛平贵哈哈大笑,我却替王宝钏可怜几分。分别的日子太长了,长得彼此对面不相识,也没有一句关切和安慰。他来到跟前,他从西凉打马奔过一百单八站,居然不是怜惜他的妻子,而是要来查看,她是不是为他守着贞操。

这戏让人看得苦闷,但有一点泪,也是留给宝钏的。

他去敲门,说自己是平贵,从被宝钏的绣球打中开始说起,一直数到十八年的分离,也仍然是不能让人放心。直到拿出了宝钏寄出的血书,她才确定,这外面的陌生人就是她苦等了十八年的夫。

王宝钏的泪,摇摇晃晃落下来,十八年光阴老了王宝钏。

薛平贵跪在外面,他欠她的太多了。也许就是为了给她过去的悲苦一个彻底的结束,所以他才用了这样嬉闹的重逢。此时端端正正跪在这,对着她,也是心绪难平。

红颜已老,曾经的美艳不再,她还是最了解他,连怨也说不出口,有的只有喜欢,欣然这么久的等待总算不是只有凄凉。她也不问他的经历,只是跪下来讨封,他能千里回来就表示心里有她。熬到这一步，她太需要一个头衔，不是为了荣耀乡里，而是讨给自己的十八年。

团圆的戏把我看得落泪，忍了又忍，还是忍不住。她苦苦地等，他匆匆地回，源于爱情，却又从爱情里剥离了出来，转化成人生的信义，当不得假，哪怕一路奔去是生命的归期。

王宝钏出了寒窑上金殿，身着彩绣凤衣，头戴富贵金钿，十八年困苦的日子不减她大家闺秀的风范，看着代战英姿飒爽地

走过来,她微微一笑,飘渺的对立,顿时就散了。

孤王金殿用目看,
二梓童打扮似天仙。
宝钏封在昭阳院,
代战公主掌兵权。
赐你二人龙凤剑,
三人同掌锦长安。

这华丽的大戏,唱来唱去,男人是不变的主角,女子只是他身边缠绕的丝线。王宝钏等的只是一个结局,没有让她失望,他平安回来,她当了皇后,人世仿佛再也没了遗憾。精神气一收,仅仅十八天,皇后的称呼还没有习惯,她就永远地离开了。

在那十八天里,她扬眉吐气,重放光彩,只因为身后有了依靠不再空落。可是深夜里静下来,却又恍惚如梦。丈夫已经不再是当年熟悉的样子,这家也好像是别人的府堂。走了十八年的人可以再回来,十八年前的恩爱却再也无法还原了。

任薰的画,就有着这样艰苦之后安宁的厚实,好像只是一个写生的凝望,却力透纸背,仿佛风声自窗外传来。她心里一个凛然闪过,遂又同烛苗平稳,整个光阴都变得缓慢而寂静。我驻扎在里面,心事无忧。

任薰年轻时卖画为生，画法博采众长，人物画取法陈洪绶及其兄任熊。以行云流水之姿，绘出乎寻常的奇巧相貌，遒劲圆润地把人物性格神态都展现了出来，是清末上海画派的重要人物。

还有一出发生在唐朝的名剧《汾河湾》，也是相似的情节，甚至里面远行的男子也姓薛，叫薛仁贵，只是发生的地方到了山西。

历史上，薛仁贵确有其人，他是唐太宗时的猛将，善骑射，惯用方天画戟。征东时，他身穿白袍，所向披靡。后来军中有歌"将军三箭定天山，壮士长歌入汉关"，其中的将军指的就是薛仁贵，嫁与他的女子叫柳迎春。

他们还有一个儿子薛丁山，总算柳迎春的孤苦有人陪着，有人看得见。结局有些惊险，却是有惊无险，一家团聚，比《武家坡》更悠长些。

相传这两部戏也有些渊源，最初只有《汾河湾》。一山西富户家里为母祝寿正在上演，这家老母亲问戏班班主，薛仁贵和柳迎春的最终结局是什么，班主说，据祖师爷说，薛仁贵军务在身，不敢久留，短暂相聚后又匆匆别过，柳迎春有病在身，不久病逝寒窑。老母亲听得便添了心病，最后儿子花重金找人重写了结局，杜撰了薛平贵、王宝钏，并移师武家坡。

起初，对这两个女子，只是一味地怜，后来看了一遍又一遍，也就由着自己随着她们去。爱情已经在十八年的守候里不用强调。她们看重的更多的是那份专程为她们回转而来的心意，有了这些，即便很快就离开，也足以含笑了。

　　这一生，有过苦难，有过辛酸，但毕竟，没有被抛弃。

　　这个季节没有雪，所以留不下你远道而来的脚印，而不是，你根本就没回来过。

【我在远方 惜君如常】

　　已有落叶了，季节的更替总是这样悄然而至，让人惊愕这转瞬流年如何就比心老得还苍茫。

　　天是那样的好，高洁清渺，长雁排空，淡若游丝的浮云似谁的心事一般，有一点虚空、一点执着、一点痴情和妄念，藏着、躲着、变幻着不肯散去。

　　她推开雕花的窗子，一点声响都没有，毕竟是已经习惯的动作。春看新桃初绽，夏闻夜雨潇湘，秋试妆台远望，冬隐雪落凄寒，都是在这窗前。棱上的万字格，沁着心里的温暖，万字不到头，就延伸着那份盼，把自己填满。

　　赏菊吧，宫女说开得那般热闹。每天清晨的梳洗，她从来没有怠慢,此刻出房门,哪怕就在小花园,哪怕没有别人,她还是又拿起镜子。细拢妆,插珠环,那步摇是他赏下来的,欲飞的凤凰衔着细细的珠子,从发丝边垂下来,总是惊心的惆怅。可她还是喜欢,就这样提醒着,好似这才是真实的。

她款款走在乱石阶前,系着轻纱裙子,挽了罗带,风起时,那一份袅娜是给天地看的。路过池塘,夏日错落的荷花成了饱满欲凋的莲蓬,那叶子积攒了所有的浓碧,看上去让人心疼,禁不住丝丝的伤感渐涌,却还是端了端身子,那份秋色中的清高还在。

又是一年菊开时,开得用心而闲适,旁若无人,心思单纯。说荼蘼花事,盛放太短,可她倒有几分羡慕了,一年一年如期可见,总不失约,等上一个秋水即可,哪用望断?

她摘了一朵留在手里,明黄得如团圆满月。这千瓣菊最是无情,一落,必得纷纷然然,是让人接迓不住的远逝。她年年酵上菊花清酒,释放一缕香,入他的梦,引他归路。

散在她裙边的落叶,都被她捡起来,拭去尘土,放在盘子里。那脉络已经干枯得只剩薄薄的瘦骨了,拿回去,更深露重无眠时,还可以挑灯写词句。写在这叶片上,风干成回忆也好,至少可以打发寂寞的时光,也让心里塞得满满的思念有个安妥的盛放。

他见或不见,惜或不惜,都顾不得了,三生石上的路,原就得听天由命。

若不是她嫁给了当时天下最英武的男人——唐太宗李世民，史书在记载他披荆斩棘，宏阔博远的一生时，也不会分两行墨色在后宫花团锦簇的繁盛里，为她记上寥寥几笔，给君王形象添一丝人情意趣。若不是她腹有诗书，才情聪慧，也不会在大唐诗意的国度里，帷幕徐徐拉开时，懂天清地明，惜佳时良辰，留下了镌刻而成的诗句，风烟不灭，霜雪无惧。若不是这些，谁会知道她呢？

厚厚的史籍和浩如烟海的诗句，经年累月，沉淀了千山暮雪。绝大多数的人与事，都被淹没在时光的洪荒中，或者干脆遗落在更迭的传奇里。曾经的轰轰烈烈仍有着隐隐的马蹄，曾经的寂然清欢也依然沉在安宁的湖底，只有旧时月色，能惊起涟漪。

她叫徐惠，生于湖州，城里的桃花流水，窗前的明月清风，似乎都在那一年把几度漂泊的灵韵，毫不吝啬地给了这个女童。许她婉转多情，许她柔和澄净，也护佑着她，一颗诗心拈词为路，通往她的良人，完成她微渺却不可更改的一生。

玲珑心思长到花开及笄，豆蔻初开，胭脂乍染。徐惠刚换上霞红的曳地长裙，挽起的乌丝还未来得及插上那枚父亲特地托人打造的金簪，府门外的仪仗唱和声层层递进内院来。当朝天子的御笔圣旨，召徐惠为才人，即日随侍入宫。

徐惠慢慢地站起来，接过圣旨，目光扫过成排的大红礼箱，她顺手拿起羽翠衔珠的步摇，精准而稳固地插在自己头上，淡淡

春秋图　明·陈洪绶

一笑，仰望长天，道一句欢喜。

> 仰幽岩而流盼，抚桂枝以凝想。
> 将千龄兮此遇，荃何为兮独往。

这首《拟小山篇》，是她八岁时应父亲出题信手挥来的离骚体诗。徐惠自幼读书千卷，心境早已不同其他孩童，气象与格局都在她的心里自然养成，看待凡尘的见识与态度也是非寻常可比。所以父亲的酒还未热，她执笔的墨痕已干，洁白的绢布上有了她精神的辽远和不可思量的透析洞明。

后来她恭敬地跪在天子面前，眉目里既没有惶恐，也不见慌乱。小小年纪，却是沉稳持重，居然在皇帝叫她抬头的时候，她含着笑意的眸子不加遮拦地对上帝颜，如三春的桃花夭夭探上肩，也像清澈洁净的寒梅独映雪，她就这么纯美地与李世民执了手。

李世民把他的披风解下来，轻轻地披在徐惠身上。徐惠翩然回转，抱来一坛小小的佳酿，是她早年收了桂花入酒，又埋在梅花树下的。来京时什么都没带，只这一坛旧日合香，女儿红妆。

此时宫里的菊花开得正好，徐才人的小院里，一旁是紫龙卧雪，一旁是朱砂红霜，情怀入骨，意趣悠扬。

十三岁的徐惠成了唐太宗的才人，这时的李世民刚好四十二岁。历经的战火兵戈，登基时的玄武门之变，都随着时日渐渐消淡。一代天生帝王的贞观之治，打造了国泰民安的盛世。徐惠到来的时候，正是这样天和景明的安乐太平，也正值李世民人到中年、看遍人心、阅尽繁华的时日，他很需要一个有才情、懂礼度、知进退的青春红颜，可歇一歇心，避一避世，聊聊风月，谈谈闲情。

徐惠能猜到几分帝王没有人知道的心，她也从未表露，她只是做着最真实的自己，哪怕这里是皇宫内院，哪怕身处的环境钩心斗角，冷风暗箭。

才人的位分低微，居于末等，自然人微言轻，好在她并不喜多言，也不喜与众嫔妃相见相安，闲时也不欲走动。她住的地方偏远，倒是离藏书楼近，她便如鱼得水，几乎天天都把大把的时辰撂在里面。全天下的好书都在这了，她喜不自禁，全没有深宫寂寞的苦楚，相反乐得自由自在，有书籍做伴，一生哪得孤凉？

读罢前朝史事，徐惠深知宫闱艰难，却淡然处之。时常一书在手，远离纷争。殿宇的轩窗下，她研磨镇纸，写几句春花秋月；朗风池塘边，她独自看书，衣袂翩然。

李世民远远地见了，暗自感叹，果真才女不俗，倒似宫中一景。其实徐惠没有太出众的容貌，放在后宫的各色花枝里，她是很容易就被忽略的。可是静心看她却又耐人寻味，她身上自带一种光辉，不灼目，似月华清旷。她又似一本线装的书，在人群里仍能出众，斗转星移，愈加沉婉，愈显珍贵。

李世民是真龙天子，品位高湛，当年他听闻湖州女童出生五日即能言语,四岁读通《论语》和《毛诗》,八岁已善诗文,他便一直耐心地等她长大,决意留在身侧相陪。外面相传皇帝拥揽才女,但李世民还有说不出的理由。贞观元年,他夺皇位弑手足,在天下的世道间留下了人性上的缺口。徐惠当年出生,落红尘便可说话,这天赐的祥瑞像是专门为他而生,来缝补那个孤家寡人的高处寒意。

因为徐惠好学无争,所以李世民晋封她为充容,相见的时日却未见增加。有一次,李世民召见徐惠,等了又等,迟迟不见人影,李世民有些恼怒,窝着一肚子气把准备好的糕点都拂到了地下。徐惠姗姗来迟,看李世民冷面薄情,也不解释,只拿起案上的笔,簪花小楷一挥而就,呈到李世民面前,嫣然相顾。

朝来临镜台,妆罢暂徘徊。
千金始一笑,一召讵能来。

早早临镜梳妆,又几度徘徊,古来千金换佳人一笑,我不甘一召便来。

也便是只有徐惠吧,敢在决绝刚毅的李世民面前顽皮几句,在她心里,李世民是天子,也是她的夫君。天子之命不可违,枕边人面前却可娇嗔几句,换一点红尘烟火的温情。她赌李世民是懂的,自始至终,她一片冰心未变,看得透。

这首《进太宗》被收进了《全唐诗》,她未说的话,浮尘落花都懂了。夫君，我要你看我有情，念我有意，待我有真心。

徐惠是才女心性。她无心机，也不做长远计较，所求不过是做太宗的忘年交，有他照拂与垂怜，有诗书可消长日寂寞，足够了。

不知不觉，她也到了双十年华，眼见得太宗劳民兴兵，攻打高丽，以全霸业。徐惠沐手焚香，肃穆端凝地写了一份奏疏《折叠谏太宗息兵罢役疏》，并非为了展示政治才华，只是心系太宗，为他千秋考量，愿他鸿名与日月无穷，盛德与乾坤永大。

太宗不糊涂，知这小女子深意，一个顿悟免了多少硝烟与奔波。

贞观二十三年，太宗在终南山上的翠微宫含风殿驾崩，消息传回长安，徐惠悲痛不已，泣泪成疾，一病不起。世上没有了太宗这个男人，徐惠的人生也再无生机。她拒绝医治，弃掉汤药，纤瘦的身躯立在窗前，用仅剩的精神和气力，握着笔，诗行连珠，字字如泪，全是对太宗的思念和深情。

就这样，带着无尽的相思，徐惠告别了人世，被追谥贤妃，秉其"侍奉于先帝身边"的遗愿，安葬昭陵，永远不再怕会有离别。

最终，她用诗文为衣，爱慕存心，把自己封成了琉璃，不要传世的佳话，只为在太宗身侧安守。这个叫徐惠的女子，此生只为一人生，又为一人去。天注定，命注定，爱注定。

旁人见她，总是心如止水，不怨不恨。那份心里的忧柔和隐秘，是属于自己一个人的，她总是那么淡然，活在岁月的风口。

或许有时候，时光真的可以刹时凝聚。那份悠长淡了又淡，不着痕迹，就这样入了画，有了不尽的曲意风情。

说到陈洪绶，总还是愿意唤他老莲，显得更出尘，更洒脱，也更自在。

他画风高古，红尘俗物在笔下也有了离世之风。他是明朝遗老，饱尝了家国轰然倒塌的无奈和伤痛。对着断壁残垣回头，他用荒诞不经掩饰心里的酸楚，此时再好的光阴，也是隔了一层明月的萧疏。

清兵入浙东，他削发为僧，一腔愤恨无去处，故号"悔迟"。一年后又还俗，眼见得大明江山处处离殇，像随着大明葬了一个身家，又留下一个没心没肺的影，从此傲兀不羁，人称"狂士"。

这一番经历使得老莲看透了红尘，心里只剩下妙语菩提。他或者参了天机也不一定，所有的偈子都藏在这笔锋之中。而他的人物画都该是没心机的，天仙样的人儿也该是天上的样子，没有年华的苦。

所以读他的画，总想着九天之外的故事。

我在三伏天里看着这幅《眷秋图》，这幅老莲仿唐人的同题画。几次展卷，总觉得疏忽了什么，仿佛总也读不到尽头，于是便这样念念不忘。

夏日里的连阴是毫不安分的沉重，当我再次凝望画中仕女清浅的如花红妆时,却不防备地触到了一线深潭。

"怕相思,已相思。轮到相思没处辞,眉间露一丝。"

原是那相思啊,渲染得画里的秋天更加萧瑟。

图中的贵人比班婕妤坚强,她用的是宫女举在身后的持扇,四季皆可做景,可以扇凉,还可以挡风,且上面画着怒颜梅花,自是冰清玉洁,傲然霜雪。

也许,是一季又一季的尘风让她只得这样安然地等他,他在三山五岳,她望云成峰,无法放弃,这是牵心的执念。

女子至美的装扮是为那个己悦者,一定要让他看到自己最美的一面。不管过去多少年,也愿他心里是那个最纯美的画面,他不来,她不老。

于是,她日日理妆,心思清洁,也许某天他就在墙外沿阶而来,某个时分推开门看到她,笑意盈盈,旧日的沉醉,没有任何清减。

她就这样守着,如梦一样地不破,这样,日子才过得去。

闲荫长话,秋月无边,一草一木皆因情而生。世事温良得相伴也真是不易,百年修得同船渡,那缘分不是求来的,得靠修。

初听总觉得这话夸张,不过渡船,哪还用得百年的善缘,以为它不过是一个漫长的年份,告诉我们,人生处处难得,要懂得珍惜。

翻开这幅画的时候,《离人曲》正忧怨地传来,心上的波痕看得清晰,一圈一圈的涟漪飘向了对岸。

此境一出,如临虚空。这修来的同船渡,竟也不是只为证百年修行,还为此去解不掉的萧索。走到了天涯,走累了风,停下来歇息时,回忆浮上来,是那叶轻漂的舟,是那个吹笛的女子挽锦绣,自然地就相随了人生。

此前百年寂寞的修,此去百年忧伤的忆,漫长的岁月,度我的痴想,到你的深情。

《涅槃经》有言:"人身难得,如优昙花。"

优昙花又叫空起花、起红花,其花青白无俗艳,三千年一开。花形浑圆,犹如满月,远远看去,雪白的花朵倒像是卷了千堆雪。

昙花原是一位花神,她每天都开花,四季灿烂,她爱上了每天给她浇水锄草的年轻男子，太帝知道后把她贬到人间，成为每年只能开一瞬的昙花。

年轻人被送往灵鹫寺出家，赐名韦陀，让他忘了前尘旧事。

许多许多年过去了，韦陀潜心习佛，大有所成，每年暮春时分从山上下来为佛祖采集朝露煎茶。从来没有想起过，还有一个美丽的女子带着深爱他的心，正在红尘里苦苦地守候。

花神却一心一意，纵然在红尘受苦难，仍然爱着他。她沉默一整年，孤独一整年，积攒一年的精气灵韵和相思，就在韦陀路过的一刹那，尽情绽放。

可是一年又一年，韦陀从来不曾为她停下过脚步，哪怕只是凝视也没有。

昙花开得寂静，开得痴狂，有一天，一名枯瘦的男子看到了她的忧郁，忍不住问她为什么哀伤。昙花默默地说："你帮不了我。"

四十年后，这个干枯的男人又停下来问："你为什么哀伤？"昙花还是摇摇头说："你帮不了我。"

又过了四十年，那个枯瘦的男人已是奄奄一息，他再次停在了这里，问她："你为什么哀伤？"昙花说："我是因爱而被惩罚的花神。"

老人说："我是聿明氏，来了断八十年前那段没有结果的缘分。"缘起缘灭缘终尽，花开花落花归尘。

他双手合十，盘膝坐在地上，昙花一现为韦陀，这般情缘何有错，随即圆寂。他抓着花神去往佛国，韦陀终于想起了前世因缘，佛祖知道后，准许韦陀下凡了断。

所以昙花又叫韦陀花，这是一种为爱情而生，为爱情而开的花。

聿明氏老人违反了天规，只得一生灵魂漂泊，既不能驾鹤西游，也不能入东方佛国净土，只能终受天罚永无轮回。

聿明氏留在了人间，担任夏代的占卜师和巫医，后赐姓姜谷，成为汉唐时代最有名的研究占卜、玄学、五行的家族。并随遣唐使东渡日本，与当地的神道教结合，诞生了影响日本历史的新职业——阴阳师。

姜谷家族的女子佩戴蓝绒晶，男子佩戴红竹石。

老莲是方外高人，仕女端凝的眉目里有他的妙境，看似不落形迹，却直要人读到骨子里。读懂了，才知道他洒落的温情。

他也慕着盛唐烟火的日子，徘徊于庭院里简静地等待，那是一种稳妥的情感，可托日月。

他也是红尘里走过的寄情的人。

令人惊艳。

我恋着那份机缘。

【斜阳正在 烟柳断肠处】

1160 年,青龙镇。

已近黄昏,千帆过后,江边渐渐寂静,燕子也准备回巢了,它们双双追逐着唯恐失散。她走出家门,后又来到这里,好像不这样过,她这一天就总也没个头,就像丢掉了什么,心里空荡得发慌。总要在这里站上一会,默默地等待,尽管她知道一定等不回来。

他那一走,总得大半年,春节后出发的,秋凉了才能回返。可是春天还没有过完,她就习惯了来这里等,或者说是守,守着她自己的情怀和思念。

她还是个新妇，等待的日子里，风霜已上了眉间心头。

婆家开着铺子，也需要她来帮助打理。未出阁的时候，她在十里之外的农庄，家里也算当地的大户，因此画堂深居，几乎很少出门。每天和贴身丫头一起做针线，亲自煎好茶送到父母膝下，也读书识字，爹说读书明理，也懂礼尚往来，娘说认字账本能看得明白，能管家里钱财。

他们说的，这都不是女孩家的事，而更多的是为了找一个好人家，女儿不吃苦，父母脸上也有面子。

媒人把她八字带走的时候，她忽然有那么一点凄凉和慌张，一生就要这么直来直去，连一点遐想的空间都没有。而丫头在一边看得羡慕，也替她高兴，她又忽然心生怜悯，好在这世上还有亲人全心全意为她做主。

生辰帖子是她自己写的，落笔写名字的时候，还是稍微停顿了下，一向只有父母才叫的闺名，如今要送到某个陌生的男人面前，好像自己藏了这些年的秘密，突然被揭了去，有些恼恼，却也没办法。男家来请八字，也叫问名，名字连在一起，就不能不想，他到底是怎样的一个人。

她躲在屏风后听着，那是镇上有名的富商，生意来往遍布大江南北，他是家里的独子，气宇轩昂，一表人才。不喜欢那些宠坏的小姐，专慕得玉莲清秀贞静，这不，这些胭脂水粉、绫罗绸缎都是他们自家铺子里的，少爷亲自为姑娘挑选了来，交代不管如何，请姑娘留下。

玉莲去过青龙镇，那里设有市舶司，贸易繁荣，江边商船云集，镇上商铺林立，歌馆酒肆里喧哗热闹，和自己家里的雅致清静有太多不同。她甚至不习惯路上有那么多人，更不喜欢巧舌如簧的商人，总觉得他们是为了金钱利益才会那么热情，说笑间全都是算计，甚至不如街边摆摊代写书信的贫寒书生，书生们更显得亲切些。

亲事还是定了下来，婚期就在眼前，因为再晚他就要外出，他要赶在这之前把她娶回去。

什么都不用准备，那边来话说，家里衣被用品一应俱全，过门后夫人不喜欢可以随时再换。

她的嫁衣早已绣好，零碎东西母亲让丫头代劳，只是把她关在屋子里，专门请了人来教镇上大户人家里的规矩，这拈针升炉的事情估计是再也用不上了。

早上她不愿意起床，跟丫头说身子倦，嫌这衣服的颜色不对，鞋子上的花样不好，胭脂怎么也匀不开，簪子也插不正。

明天就要出嫁了的她，有诸般不如意，看什么都不对心思，似乎都故意跟她作着对。最后，一向温婉的她，无缘无故地发起了脾气，房门关得紧紧的，屋子里一团乱，乱得没地站脚。她更加烦闷，趴在床上狠狠地哭了一场，哭累了才渐渐平静下来。

那时的女子大喜之前总有这样悲凉的时刻。此门一出，前面都是茫然，只有去迎合别人的生命，自己的日子才能继续下去。所有的发泄只是心里压抑的惶恐，像这间屋子，自己住了十几年，一瓶一几都是自己摆设好的，也会因为突然堆了太多东西一下子变得陌生。只因为要离开了，这份安稳与踏实，从此无法再带给她无邪的年岁。

　　只有在自己的闺房里才可以这样无顾忌，至少最后可以坚定几分，任是再熟悉，告别的那一刻，也会有陌生的感觉袭来，正是因为太依赖，竟然想象不出，离开时，会是怎样的艰难。

　　女孩长到花开，总要先迎接一场雨来，这雨就是盖在头上的红帕子，既定的花期，也许此后更娇艳，也许就此暗淡了容颜，茫茫中，那头不敢轻易抬起来。

　　纷乱中上了花轿，也没有机会让心沉淀下来与闺阁的日子缠绵留恋，迈出门的时候竟然没有丝毫感觉。过去百转千回，难以让自己平静的忐忑不安，居然就这么轻易地化解了，她不知道丢在了哪里，现在的心没有悲喜，只是顺从，还有一点，对他的好奇。

　　她想，一定是她虔诚地在庙里拜过，所以才遇见了他。

　　喜帕掀起，她缓缓抬眸，他有一双清澈的眼睛和温和的笑容，玉莲的心忽然就放了下来，脸上有了羞怯。这场姻缘有菩萨护佑，这个家真好，这所有的布置都是他做的吧，她找不出一点不妥的地方。

因为有他在旁边，因为他拿着她的八字，她甚至觉得，她的家就该是这个样子，她的夫君也就该是他的样子，其他的都不对。

他对她极其疼爱，喜欢在没人的地方轻轻地叫她玉莲，她问他什么事，他又说没有，她就对他轻轻地笑一笑。他说："玉莲，我跟你说件事你不要恼，你是我母亲看中的媳妇，她在佛寺里见过你，觉得你端庄大气，而且做事认真，连插香也要自己做，不用丫头。后来测八字，我们配得极好，说你旺夫兴家，说我们会子孙满堂。"

玉莲听了，还是微微地笑了笑，她一直想不明白，这样一个人家，这样的一个檀郎，就是娶城里的大家闺秀也算不上高攀，怎么会去乡下找了她来，原来竟是这样。

她忽然就放了心。

她起身倒了一杯茶，走过来递到他手里。这才叫缘分呀，只要你不失望就好。

当初她自己想得多，还以为是他走南闯北与哪家女子有了私情，因为种种原因家人不同意，所以他赌气要找一个乡下人，娶回来后可以不用上心，再找机会接那女子进来。

原来，生活中没有那么多戏文里的情节，倒是这缘分，戏文里说得都太揪心，好像稍微不慎缘分就会消失。不过若那样也就算不得天注定了，朗日清风下，他就等在那里。

晨钟暮鼓·守望

人物山水图 明·尤求

爱情也一瞬间绽放，心里有了在乎的那个人，在他面前真的会变得很低很低，愿意为他做千般事，累也高兴，只为讨得他一个欢欣。她亲自为他裁剪做衣裳，晚上帮他抄抄写写，在廊下煲了汤，热热地端来，看着他一口一口地喝完。

幸福的日子这样简单，就是愿意为他打理生活，陪着他做任何事。

正月刚过完，他要外出采购货品了。与他告别，玉莲的眼里含着多少不舍，说出来就化成这一句："照顾好自己，我等你回来。"

他天不亮就起程，她假装睡着不知，其实她一夜都没有睡，听着他远去，直到再也听不到声音，而她自己的千情万绪，竟然也都不见了。

习惯了在黄昏的时候来这里，与江面的雾霭一起浮上淡淡的忧郁。南宋的江山正被步步紧逼，躲在这里可享短暂的太平，似乎繁盛如昔，歌舞升平，夜不闭市。茶楼里的说书场，戏院里的锣鼓点，还有瓦子里巧笑舒袖、软语温存的女子，让多少人回家的脚步就这样停了下来。

她的夫君在外，钱财在身，不知会不会被贼人盯上，而且一个人远离家乡，会不会寂寞得寻酒买醉，身边一任流连的花瓣，都是她不忍想的酸楚。

总是有这些奇怪的念头，有了幸福，同时也有了患得患失的情绪。因为太珍贵，所以才那么害怕失去，甚至连一点微瑕都会烙得心里起疤痕。女人的心真是小，塞了他，就再也放不下别的。

收到了他捎来的书信，说一切都很顺利，只是旅途劳累，会失眠想她，一定会尽早回来。

她把信放在枕头下，枕着他的气息。变故都在说书人的故事里，她只是一个平凡的女子，平凡地想着她在外的丈夫。

可还是习惯了每天去江边等，是给自己相思的心一个安慰，也给世间人知道，提醒异乡客，别忘了，有人等你，在回家的路上。

等待的姿势都极其相似，如同等待的春色，柳岸花堤，年年新生。

这是尤求《人物山水册》里的一幅，整册共十二幅，都取自江南景色，除了仕女，还有隐士之居。山峦葳蔚，云雾涤荡，苍翠密林间无路可寻，或露殿脊，或藏茅屋，高僧逸士在苍松下摘叶飞花，充满悠闲清雅之趣，浓而不俗，淡而不薄。

尤求生活在明朝经济繁盛的时期，国泰民安的生活给了他平和闲适的创作环境，因此他的仕女画深得仇英遗韵，善白描，重逸气，圆转流畅，笔下的人物有神采，有内涵，构图清丽，意境雅致。

画中的女子靠在一棵刚发新枝的柳树前，树干的姿势和人物的形态极其融洽。她习惯了这样出现，她和身边的景物已经守成了相知。燕子轻快得似能听见声音，回顾时的一声啾鸣让画意有了生机，不管是盛世还是离乱，有了在外的爱，就会有守候的人。

我居住的小区外面有一条清幽的公路，两旁的杨树笔直粗壮，每到春天，杨花纷扬如雪，比雪还轻盈缠绵，起起落落总是找不到那个停脚的地方，一阵风来，一个影子走过，都会惊起它的逃散。

也是个黄昏，几个传媒大学的学生在路上拍片子，就要毕业了，就要离别。正好那天他们拍等待的一幕，女孩站在树下不住地探过头向远方张望，透过镜头看她，总觉得有什么不对，却又说不上来。

我从一边走过，没有打扰他们。女孩的样子太像赶时间时的急切，也许他们太小，体会不出这里面的差别，等车耗的是时间，等人却是要耗心血，尤其是漫长的等待，早已不会再有那份容色里的焦灼。所有的借口都找了，所有的理由都想到了，依然不是盼望的样子，最后只剩了一个念头，不急不怒不悲不怨，连忧伤都是淡淡的，什么都不需要说，就是这样一个最自然不过的姿势，一个不放弃的等待。

几百年后，青龙镇已几经盛衰变迁，成了上海市的青浦区，还好可以站在这里，回望宋时的辉煌。

世博会的中国馆里，三维全息的《清明上河图》正展现着宋时的热闹，对面就是《东京梦华录》的文字影壁，都是来自于宋朝那个让人无限追忆，又深深叹息的时代。恨不得怨不得，却也爱不够，好在还有这么多珍贵的资料，让我们可以触摸那时的繁华与心碎。

世事如棋难料，即使半壁江山的宋朝仍然有这么多的遗存，万历时的尤求，所能查到的资料却太少。

爱情也是这样，平淡的幸福不在天空上留下痕迹，悲苦的命运却总是化做漫天的雨，淋湿了代代走过来的心。

历史的碎片，碰到了冰凉的指尖，停下来，剪一段时光与它独对。潮汐拍岸又散尽，握在手里的是暖暖的一抹光阴。

案上的画，展开了就总不愿合上，正所谓"酒醒梦觉起绕树，妙意有在终无言"。

她什么都不说，我也是。

【打起黄莺儿 莫叫枝上啼】

爱情的百转千回,用回文锦字也书之不尽,可是那掩盖不住的相思,仅一个动作就把心事付了天地。

天刚破晓,他站在军营不远处的哨岗上,好像一棵扎根了的树。已经是三月了,可这里没有阳春的气息,依然寒冷孤寂。唯一的沸腾就是战场,刀光马嘶,烽烟呐喊,还有生死攸关,命悬一线。他们远途来到这里,一腔男儿英豪,只为冲锋陷阵,保家卫国。

他们不怕上战场,这也是放飞寄托的一种方式。所谓勇士,要么是惦记得太深,要么是没有惦记。那一纸捷报,加官晋爵是其次,至少,她再去路口张望的时候,可以等来一点消息。

他下意识地回了回头,背后也是无尽的苍茫,可是他的目光却能穿越这些。他在这里战寒风，离亲眷，守护的是大唐的安定，还有她的安宁。

她一定会梦到他吧，他想着，嘴角露出了温柔的笑容。

他想的那个人，却不是含愁带怨地立在门前的路口张望。此时的江南已是柳嫩笛吹的春风新意，啾啾鸟鸣在枝间欢唱，一派自然和乐入心催人的天气。

果然她也躺不住了，出门抓了个竹竿就打起了树上无辜的黄莺，它们从这一枝飞到那一枝，声音更加急切，像是解释又像是嘲讽。她也怄了气，没头没脑地一阵乱打，最后累得抬不起手。她不动了，那莺儿也安静了，偶尔一两声轻柔的呼唤，倒像是对她的安慰。

清晨的阳光柔亮而明媚，天蓝得有些刺眼，清风拂柳，让她微微有些出汗。她看着看着忽然就笑了起来，单纯得就像回到了小时候，一个人也能自说自话，更何况前面还有黄莺儿。

我叫慧娘，这附近的村子里也还有叫慧娘的，这个名字原本就很普通，无非爹娘是希望我心灵手巧，为的也是寻个好人家。我会做鞋、做衣服、做精湛的刺绣，我还会烧火做饭，甚至挑水浇园。小门小户的女孩子，从小就不能娇气。

也是遇到他以后才变娇气的，从他眼里看到心疼，就觉得这辈子怎么都值了。在他面前我什么都不想干，就想看着他，可是他离开了,我就不愿意闲下来。我可以整夜地织布穿梭为他做衣服,却不敢整晚睁着眼想他。我天快亮了才睡着,梦见他回来了,他黑了,瘦了……

我不是故意要打你们的,你们热热闹闹地聊天把我吵醒了,我看不到他了。

慧娘的眉眼越来越低,她难过得几乎落下泪来,可是转瞬,她又抬起头来看着莺儿,脸上重新浮现了淡淡的笑意。

我们认识的时候,他就已经在军营了,不过没有远征过。很多时候他来找我,就是站在我家后面的树下学鸟叫,我就会找借口出来。很多时候人出不来,可心早就飞出来了。对了,还没说我们怎么认识的呢,那是我们这里十年一次的大庙会,方圆几百里的人都赶来了,他们在维持秩序,我和家人走散了。别以为我会哭哭啼啼啊,我没有要他送,我只是问他借了点钱,那卷红线太漂亮了,不带回去我会吃不下饭的。后来我用这线给他绣了荷包,上面有喜庆的缠枝莲。

都怪这恼人的红线,让我怎么也忘不了他了。很快他来提亲,媒婆把他吹得天花乱坠,我在窗户外面偷着笑,什么有将帅之才啊,我不稀罕,我只要他平安,但少年英武,为人诚恳是真的。合了八字,定了日子,彩礼送来了,嫁妆也备齐了,我自己做的大红嫁衣在身上也试穿了好几次了,他却差人捎信来要退婚。那是我第一次哭得失去知觉,也把我的性子逼上来了,我拿着刀子

晨钟暮鼓 · 守望

弄莺图 清 · 王学浩

告诉那人,不给我一个让我甘愿放弃的理由,我就不活了。

原来,是他们要远征了,从这江南到那辽西,他不知道自己什么时候能回来,更不知道自己还能不能回来。我剪下胸前的发丝裹在白色的帕子里捎给了他,他的顾虑我也清楚,但是我要做他的娘子,给他守着家,等着他回来。

唐朝真是大气啊,连这春闺女子的怨都只是娇嗔,好像手里握得紧紧的,心里溢得满满的,全是爱情全是他。虽然他不在身边,虽然他离了那么远,虽然自己的坚强或脆弱,他都看不见。

但是,她就这么坚定,他是她远征的夫,她是他守家的妻,千里迢迢,她是他唯一的终点。

也是盛唐的恢弘,给了她足够的信念,他一定会胜利归来,来和她过田园的日子。

也许因为自身就是小女子,读诗词重的是意境和情绪,有时候看见题目就能猜出个大半来,可是这一首题为《春怨》的诗却让人惊喜。

这怨是俏皮的,是活泼的,也是娇痴的。春日清晨的莺啼最该是应景的,她却冲出去就打,只因为惊了她的梦。若以往她会怪自己怎么起得这么晚,笑自己睡得沉了,可这次不一样,因为梦里的人是他。

快快地转念回到屋子里坐下,辽西那个地方真是贫寒啊,他们自小在这江南水乡里,她连厚的棉衣都不会做,给他带的那一件又一件的衣服，能不能替他遮挡风寒呢？

也许，可以去看看他呢，千里到辽西，不一定只是在梦里。

这首诗是唐朝诗人金昌绪所作，很多人也许连他的名字都没听过，翻遍《全唐诗》，他的作品也只有这一篇，把搜索范围再放大，这篇是他流传于世的唯一作品。在那个诗人繁盛的朝代里，他被淹没得只剩下一个安静的角落，生卒年纪不详，身世不可考，但我还是认识了在余杭的他。

隔着苍茫时空望过去，他的背影在青瓦粉黛的村落间。只因失落踌躇，壮志难酬，这春于他，只是又一季流年疾逝的催促。身为读书人，应试是他唯一的出路，可屡试不第的遭遇让他开始怀疑他在社会中的价值，总觉得心里不安定，惶惶地好像错过了很多很多。京城有那么多的贵族，天下有那么多的才子，他就像这溪边的垂柳一般，有或者没有都不重要。

就在这个时候，他看到了慧娘，粗拢了头发急急跑出来的慧娘，似乎梦里梦外还在恍惚，竟然不觉不远处有人正充满好奇地看着她。

他忽然就羡慕起在辽西军队里的那个男人，远方有一个这样的女子满心满意地牵挂着自己，不管什么时候，风尘仆仆地回来了，推开熟悉的门，里面有那个熟悉的笑容，他怎么舍得让她的等待落空呢，他一定不会。

更重要的是，这个叫慧娘的女子没有形容憔悴，也没有那擦也擦不完的泪。她依然是笑吟吟地，跟这莺儿赌气的样子活脱脱像一个被宠坏的孩子，她周身散发出一种大信大义，一种和这大唐合拍的韵致。

开元盛世的气派绝不是隐藏在诗词字画中，更不是《长恨歌》里的旖旎，这些流传都是修整过的。原汁原味的根基一定是在民间，在那一耕一田，一衣一饭，举手投足间。似慧娘这样有着勃勃生机，哪怕她和丈夫因征战而分离，她却爱得这样大气，让现在的我读来，都是由衷的欣慰与赞叹。

柳永的一句"衣带渐宽终不悔，为伊消得人憔悴"把那噬心的相思诉到了极致。分别已久的人相见，一句"你瘦了"，好像那些他不曾看到的心酸和无助此时就都有了分量。想到茶饭不思是爱，想到失魂落魄是爱，甚至一任相思到阴阳两隔，那都是让人扼腕不已、痛彻心扉的爱。

那么，一切如常呢？

他不在，她静心守候，不敢荒废时日，不敢放任自己倦了心懒了食。相反，她更加用心了，她一定要让他放心，也让自己更好地在日深月累中等他。

可是结局并不一定都美丽。也许在他跋涉的路上，朝思暮想的爱情应该有整片大海的重量，而她是那海里的鱼，他的离开带走了她生存的氧气，她应该是望穿秋水，拍遍栏杆，甚至奄奄一息。

这样的故事在《唐宋传奇》里，在诗词的润墨里，也在一个又一个烟花女子的眉目里。却唯独不属于她，慧娘是民间活泼的存在，是大唐盛世爱情的根基，她只是普通农家的明珠，她只有一个清晰的思念。江南的山水给了她灵秀，那柔韧是生长起来的，长成藤，长成树，长成守望。

她在等他回来，这等，是她孤单生活里最美丽也最珍贵的秘密。

金昌绪对眼前这个女子，没有丝毫的怜，却有说不尽的敬。他只是一怀风物荡古今，在这陌生的路边，寻常的村巷，豁然有了生机。

叹而不伤才叫坚强，怨而不恨才是勇敢。整整衣衫，抖抖那经年一层层积在心上的尘埃，他深深吸了口气，这春色如画，他宛在桃源。

不久前他刚刚听过从西北边疆的战场上流传过来的曲子《伊州歌》，配上词句后题名《春怨》。此后文人雅士浅酌小聚时，他或吟或唱，只是瞒下了这个故事。每次闪现出那个美好的画面，画面里的慧娘宛然就在眼前，一颦一笑都看得真切。有时候真怀疑自己是不是遇见过她，还是只不过是梦里的一次相逢，她是那好心的仙子，专程来人间指点迷津，卸一卸他人生里的沉重。

其实，他那么吝啬，读了二十年诗书，只给了慧娘二十个字：

打起黄莺儿，莫教枝上啼。
啼时惊妾梦，不得到辽西。

与那些精雕细琢的千古绝句比，这诗句轻松得仿佛携带了民歌的气息，一层一层地递进，让人读到最后一句才恍然，这不是一个骄横的女子，而是带有一点乡野天然的真情。

整首诗描绘了一个生动的春日清晨，一个思念着丈夫的毫不做作的女子。好像这四句就是从那慧娘的口中说出，通俗易懂，明快爽利，充满了女子单纯的小脾气。没有丝毫心理描述却圆净利落无遮拦地道尽了她的想念。口语化的记叙，为它的广泛传诵提供了基础。

金昌绪没有想到，他偶然的一个怦然心动，几句信手拈来的句子，一唱就是千年。人们因此而记住了他，并给予这首诗极高的评价。王世贞在《艺苑卮言》中赞美这首诗："篇法圆紧，中间增一字不得，著一意不得。"沈德潜在《唐诗别裁》中也称赞："一气蝉联而下者，以此为法。"这种层层设疑，句句解答的艺术手法叫"扫处还生"，直入主题，画面简单，曲意却悠长。

这诗是配有曲子的，严格来说，这首诗是为《伊州歌》配的词。作曲的是唐玄宗时期的将军，名叫盖嘉运，时任北庭伊西节度使。盖将军一生沙场官场起起伏伏，充满了传奇色彩，可新旧《唐书》中却没有他的传记，只在零星的事件中记载了他辉煌的几年。因他的征战和驻守，混乱的西域边疆有了难得的平静，唐朝的基业更加稳固，封官加爵后，他决定要好好享受人生以弥补奋战时的伤瘠，于是一头扎进了花天酒地，再也不愿意回那个贫瘠的边境。

唐玄宗喜好音乐，并且有很高的造诣，盖嘉运把这首曲子献给了皇上。曲子果然是好，让唐玄宗拍案叫绝，立刻命教坊练习演出，很快盛行于宫廷，又传于长安城的歌舞馆伎、酒肆茶楼，并漂洋过海传到了日本。著名的词牌《八声甘州》就是这里面的一个乐段。

偏偏皇上的欣赏却让他更加糊涂,越发胡作非为不知收敛,赫赫战功尚且不能庇佑他安稳余生,一首曲子又怎么能够?

唐玄宗不是昏君而是难得的明主,放眼天下,能让他不以君王身出现的,也只有杨玉环一个。

就在盖嘉运花天酒地软玉温香的时候,战略要地却被敌军轻易攻破,皇上大怒,发旨把他押解回京。

从此,关于他的所有历史就戛然而止,没有他的辩解,没有戴罪立功,也没有秋后问斩。一切就这样停顿了,《资治通鉴》和《旧唐书》里与他有关的记载都结束得那么决绝,似乎再也没有提起的必要了。我把书翻了又翻,还是一无所获。他是个适于冲锋,却不能守功的男人,可伊州的日月风情还是给了他最恢弘的舞台,这《伊州歌》是他在那段征战时期用心所作的,自然能打动人最柔软的心。这曲子还有它特殊的风格,即里面糅合了西域色彩,所以成了著名的边塞曲。

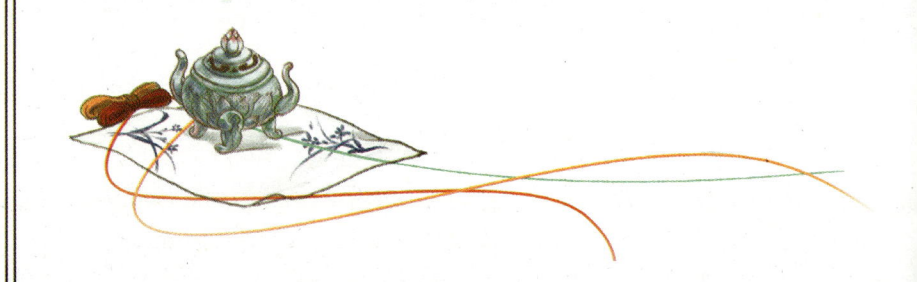

此时想起盖嘉运,很想借用一下苏轼《八声甘州》里的词句:"西州路,不应回首,为我沾衣。"回京的途中,他再没了吟唱的风霜。

时间的轮盘一圈一圈地转过去,江南的烟雨也飘飞了一季又一季。越来越多的词曲和故事幽柔地流传着,水磨腔的余韵伴随着游丝软系,把人的心揉了又揉,叹了又叹。

生于昆山的王学浩拜别了老师李豫德,他和所有期冀实现理想的人一样,踏上了求仕的道路。然而世事无常,更难遂人意,他屡屡鼓足勇气,屡屡碰壁无终,后来干脆一个包裹一把伞,布衣青衫游历于燕秦楚粤。结果名山大川和世风民情的熏染,让他的绘画天赋施展得淋漓豪迈。

他的山水画结体精微,笔力苍古。中年兼涉写生,赋色极澹,自言略得元人苍古之趣,因此也在仿古山水画家里占了重要的席位。在继承前人的基础上,他通过自己的揣摩和领悟,在习作中不断探索和研习,把文人画派的旨趣和技法进一步传承和发扬光大。《清史稿》中对他有详细的记载,称赞他"足继前哲名一家"。

再看这幅《弄莺图》,画中的人正是那位连名字也不曾留下的慧娘。春日黄莺啼叫、枯柳萌芽的繁盛,把古诗的意境和诗外的深情都带到了眼前,画面简洁疏朗,线条干净秀气。

椒畦胸襟开阔,为人恬澹旷适,诗书画均有名,用墨能入绢素之骨，比常人深一色。中年时笔墨功力已非同一般，时人论他："此种笔墨，前有大涤子，后惟金冬心，非胸有书卷、笔下无纤尘，不能漫落一笔。"他在晚年专用破笔，展示出雄浑苍老、脱尽窠臼的气魄。他修辑了《昆新合志》，著有《山南论画》《易画轩诗录》《毛诗说》《翠碧山房稿》等，观点独到，论述精妙。

人到了一定的境界，反而没有了追求的欲望，只是珍惜当下，把时辰一日一时盘旋着握在手中。听说黄公望的《富春山居图》是他的良伴，他的居所推窗可见玉峰山，他画《山居图》，临仿黄公望下笔的技法。

还是那一日，暖风吹来，江边柳下，依稀就是思夫的慧娘。

图书在版编目(CIP)数据

你可记得我倾国倾城 / 风飞扬著. —重庆: 重庆出版社, 2019.10
ISBN 978-7-229-14345-9

Ⅰ.①你… Ⅱ.①风… Ⅲ.①散文集—中国—当代 Ⅳ.①I267

中国版本图书馆CIP数据核字(2019)第177884号

你可记得我倾国倾城
NI KE JIDE WO QINGGUO QINGCHENG
风飞扬 著

丛书策划：李　子
责任编辑：李　雯　陈劲杉
责任校对：朱彦谚
封面设计：意书坊

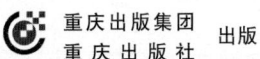

重庆出版集团
重庆出版社　出版
重庆市南岸区南滨路162号1幢 邮编：400061 http://www.cqph.com
重庆出版社艺术设计有限公司制版
重庆升光电力印务有限公司印刷
重庆出版集团图书发行有限公司发行
邮购电话：023-61520646

开本：880mm×1230mm　1/32　印张：10　字数：250千
2020年2月第1版　2020年2月第1次印刷
ISBN 978-7-229-14345-9
定价：59.80元

如有印装质量问题，请向本集团图书发行有限公司调换：023-61520678

版权所有　侵权必究